ロボットの夢の都市

ラヴィ・ティドハー
茂木健◎訳

NEOM

Lavie Tidhar

創元海外SF叢書18

登場人物

マリアム…………ネオムに住む女性
ナセル……………ネオムの警察官
サレハ……………流浪民《ベドウィン》の少年
イライアス………移動隊商宿《グリーン・キャラバンサライ》の少年
アナビス…………ジャッカル
ナス………………テラー・アーティスト
バラのロボット…古い人間型《ヒューマノイド》ロボット
ゴールデンマン…砂漠で発掘されたヒューマノイド・ロボット

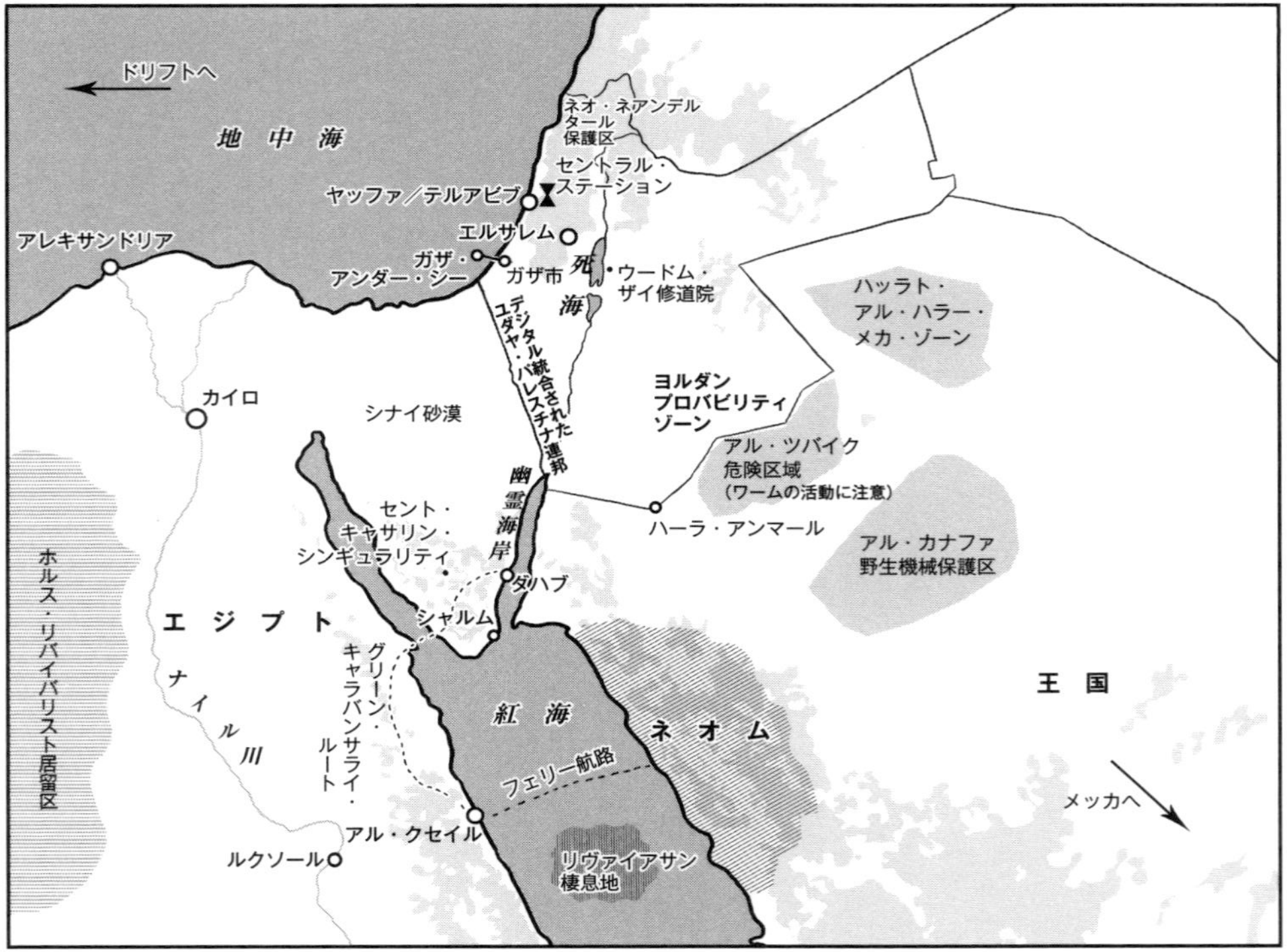
ドリフトへ
地中海
ネオ・ネアンデルタール保護区
セントラル・ステーション
ヤッファ／テルアビブ
エルサレム
アレキサンドリア
ガザ・アンダー・シー
ガザ市
死海
・ウードム・ザイ修道院
ハッラト・アル・ハラー・メカ・ゾーン
ユダヤ・パレスチナデジタル統合された連邦
ヨルダンプロバビリティゾーン
カイロ
シナイ砂漠
アル・ツバイク危険区域（ワームの活動に注意）
幽霊海岸
セント・キャサリン・シンギュラリティ
ハーラ・アンマール
アル・カナファ野生機械保護区
ホルス・リバイバリスト居留区
ダハブ
エジプト
シャルム
グリーン・キャラバンサライ・ルート
王国
ナイル川
紅海
ネオム
フェリー航路
メッカへ
アル・クセイル
ルクソール
リヴァイアサン棲息地

ロボットの夢の都市

著者による緒言《しょげん》

この物語のなかで、ネオムは古い街となっている。

現在のネオムは、未《いま》だ多くの部分がサウジアラビア皇太子の夢のままであり、プロモーション・ビデオのなかで約束された近未来的ワンダーランドでしかない。

とはいえ、実際に行ってみることは可能だ。ネオム空港は実在しているし（IATA空港コードはNUMで、ICAO空港コードはOENN）、週一便だがリヤドからのフライトもある。

今のところ、ほかにこれといったものも存在しないけれど、ネオムが将来どうなるかは誰にもわからない。いつの日か花が咲き乱れるかもしれないし、もしそうなったら、ひとりのロボットが一本のバラを買うため、市場《スーク》にやって来ることもあるだろう。

一　いにしえの街

　太陽系内の多くの拠点と地球を結ぶ巨大な宇宙港、セントラル・ステーション（巻末『用語集』参照）のはるか彼方《かなた》に、古い街がある。その街は、アカバ湾からティラン海峡を抜けてさらに南へ下り、かつてサウジアラビアのタブーク州と呼ばれた砂漠地帯に位置している。街を建設した人びとは、そこをネオムと呼んだ。

　砂嵐の季節の暑熱を、街の広い大通りを吹き抜ける一陣の風がやわらげる。市街地から内陸の砂漠まで、延々とつづくソーラー・ファームと風力発電所が、アル・イムティダドが必要とするエネルギーのすべてを生成し、街の電力需要に応える。

　紅海の岸辺に、日光浴を楽しむ人びとが集う。バーは夜おそくまで営業している。不信心者《カーフィル》どもが腰をすえ、長いパイプで水煙草《シーシャ》をふかすあいだ、子供らは砂浜を笑いながら走りまわる。よく日焼けした若者たちが、風のなかカイトサーフィンに興じる。新たな未来《ネオ・ムスタクバル》の略であるネオムは、常春《とこはる》の街と言われてきた。そしてこの街の未来は、いつだって若者のものであると。

　アル・マンスーラ大通りを歩いてゆくマリアム・デラクルスは、もうあまり若くないけれど、本人はちっとも老いたとは思っていなかった。それどころか、自分の人生はちょうど半ばに差しかかったところで、だから今までに失ったものと、これから得るものの両方について、思いをめぐらすことができるのだと感じていた。

もちろん彼女は、健康そのものだった。しかし、細胞レベルで劣化がじわじわと進んでいることは、いつも意識していた。要するに、歳《とし》をとりつつあったのだ。ネオムのような街で、これは問題だった。なぜならネオムは、建設がはじまってすぐ売りに出され――正確にはナイロビ・プライム、ガザ・アンダー・シー、そしてオールド・ベイジンの各証券取引所に株が上場され――しかもその際の前提として、あらゆるものを修正したり改善したりすることによって常に最高をめざし、絶対に現状にとどまってはいけないと定められたからだ。

ネオムでは、すべてが美しくあらねばならなかった。この大原則は、サウード家の若き皇太子ムハンマドが、紅海に面したアラビア半島の砂漠地帯に、未来都市を建設しようと最初に夢見たときから変わっておらず、そして今や、ネオムはひとつの大都市圏に成長していた。

地元住民は、この都市圏を都市スプロールという意味でアル・イムティダド《拡大》と呼んだ。マリアムはネオムで生まれ育ち、アル・イムティダドの外には一度も出たことがなかった。彼女の母親は、フィリピンから仕事を求めてネオムにやって来たのち、カイロ出身の父親と出逢《であ》った。父親はトラック運転手で、ルクソールからリヤド、アレキサンドリアからメッカに至る砂漠の道を知り尽くしていた。

マリアムの父親は、ずいぶんまえに亡くなっていた。中国製の商品をニズワの市場へ運ぶ途中、オマーン国境で衝突事故に遭ったのだ。マリアムは、未《いま》だに父親を追慕していた。

母親は一度再婚し、今は町外れのニネヴェ地区にある老人施設で暮らしていた。マリアムが稼ぐ金の大半は、母親の介護料で消えていった。でもすごくいい施設で、母親は充分なケアを受けていた。昔は家族みんなが一緒に住み、助けあっていた。けれども今は、マリアムしかいなかった。

炎暑のなか、マリアムがゆっくり歩いているものだから、四方八方から車が彼女に向かってきては走り過ぎていった。ボーアの最新型もあればファラデー・ロードスターもあり、黒塗りのタクシーはガウスⅡだった。なぜ詩人の名をつけた車がひとつもないのだろうと、マリアムはいぶかった（先述の三つの車名はどれも物理学者／数学者）。彼女が好きなのは、イン・イーシェン、リオール・ティロシュといった新古典派の詩人だった（前者は一九八〇年生まれのシンガポールの詩人、後者は本書の作者が二〇一八年に発表した小説 *Unholy Land* に登場する大衆小説家）。だが現在、かれらはすごく有名というわけではなかったし、昔も……あまり知られていなかった。

彼女のまわりで無数の車が渦を巻くように走り、あらゆる方向へと人びとを運んでいた。何台もの車がぴたりと動きを合わせ移動してゆくさまは、まるで魚の群れを見ているみたいだった。アル・イムティダドでは、車を運転することが法律で禁じられていた。車を走らせるのは人間ではなく、推　論《インファレンス》エンジンだった。ネオムではこれが普通であることを、マリアムはよく知っていた。車の運転だけでなく、投資先の決定や病気の治療などについても、人びとはほかの人間を信用しなかった。

もちろん、問題が自分の身分《ステイタス》にかかわるとなれば、話は別である。

市街地を外れた郊外にあるアル・マンスーラ大通りは、両側の歩道に椰子《やし》の木が等間隔に植えられ、歩く人に日陰を提供している快適な道だった。建物はどれも二階建てで、一階には商店が入り、二階は広々とした高級アパートになっていた。ほかの人の犬を散歩させるドッグ・ウォーカーと、ほかの人の赤ん坊が乗ったベビーカーを押すベビーシッターたちが、歩道を行ったり来たりしていた。カフェはどこも営業中で、エアコンの涼気を吹き出しており、座ってカプチーノを飲む常連客たちは、いかにも意味ありげな態度で言葉を交わしながら、われわれはただくつろいでいるのではなく、面と向かって話をするという重要な行為を実践しているのだと、通りすがりの人たちに誇示していた。

　セントラル・ステーションに向かうシャトル便が一機、低い高度で頭上を通過した。マリアムは、カフェや商店の前を次々と通り過ぎていった。養殖真珠や輸入香水を売る店。盗撮ドローン撃退キットを売る店。昔かたぎの職人がいるベーカリーからは、焼きたての天然酵母パンや、シロップたっぷりのバクラヴァ（中東の伝統菓子）の香りが漂っていた。花屋の屋台では、立派な赤いバラが売られていた。アル・マンスーラ大通りに住む人たちは、社会的により高い地位につくことを常に求めており、希望にすがって生きていた。希望こそは、かれらの強力なドラッグだった。

　高級腕時計をレンタルしている店もあった。時間を知るだけのために、かくも法外な値がつけられたちっぽけな機械を身につけたがる気持ちが、マリアムには理解できなかった。彼女が使っているのは、義烏《イーウー》（巻末『用語集』参照）で大量生産され、中国が建設したシルクロードを通し全世界にばら撒《ま》かれたプラスチック製の安物で、彼女はこの腕時計を、ニネヴェの大通りにあるマーケットで買った。むかし彼女の父親が、トラックで運んでいたのと同じ種類のガラクタである。ところがアル・マンスーラ通りの住人たちは、自分は世界を旅する裕福な成功者であり、いつも時間を気にしているのだと世間に知らせるため、高価な腕時計を身につけようとした。

　時間を気にすることにかけてなら、マリアムも負けていなかった。時間給で働いていたからだ。仕事場に到着した彼女は、暗証コードを入力してエレベーターに乗り、スミルノフとリーが住むアパートへと上がっていった。大きな掃き出し窓から、ネオムの街全体と彼方の海が見わたせる広くて素敵なアパートだった。この種のアパートは高すぎて誰も買えないため、常に賃貸されていた。

　アル・イムティダドで、自分の家を所有している人などほとんどいなかった。ネオムでは、あらゆるものがレンタルされていた。住居や高級腕時計だけでなく、人間まで。

スミルノフとリーは留守だった。マリアムはぴかぴかのバスルームへ行き、バケツを生あたたかい石鹸水《せっけんすい》で満たした。スミルノフとリーは、ハンサムで気立てのよい三十代前半の男性カップルで、フィジーだかバリだか知らないけれど、誰もが結婚式を挙げに行く南国の浜で撮影した自分たちの結婚写真を、リビングに飾っていた。ネオムの街は、今もサウジアラビア領なのだが、イスラムの教えに反する行為を取り締まる勧善懲悪委員会――宗教警察《ムタワ》――は市境に入ると権限を失い、市内だけでなくアル・イムティダド内であっても、強制力をもてなかった。そもそもネオムでは、自由《ヽヽ》が、株上場のずっとまえ、この街がまだ皇太子殿下のちょっとバカみたいな夢物語だったころから、動画共有サイトのプロモーション・ビデオのなかで謳《うた》われたセールスポイントだったのである。

マリアムは、大きなガラス窓を拭きながら街を見おろした。こんなアパートが欲しかったし、このミニマリスト・インテリアのなかで暮らす自分の姿を、彼女は想像した。スミルノフかリーが家にいることも、たまにあったけれど、ほとんどの場合かれらは、働いているマリアムを無視してくれた。ネオムの街では、それがあたりまえだった。前回マリアムがここでふたりに会ったとき、かれらは子供をもつことについて話し合っていた。けれども、子供を欲しがっているスミルノフに向かって、人工子宮の高額さを心配したリーが難色を示し、そのうえ子供の瞳の色についても意見が合わなかったものだから、結局言い争いになってしまった（スミルノフとリーのファーストネームを、マリアムは教えてもらっていないのだが、それもネオムでは普通のことだった）。

拭き掃除をすませて掃除機をかけ、魚に餌をやって棚の埃《ほこり》を払い、ゴミをまとめて自動リサイクル・シュートに投げ込めば、ここでのマリアムの仕事は終わりだった。
スミルノフたちほど金持ちでない人は、汎用型の家事ロボットを使った。もっと貧しい人たちは自分の手で掃除した。逆に大金持ちの家には、住み込みのスタッフがいた。スミルノフとリーが得ていた収入は、人間の掃除人をひとりパートタイムで雇うのにちょうどいいレベルだった。おかげでかれらは、「そういえば昨日、掃除婦に来てもらったばかりなんだ」ということを、会話のなかにさり気なく差しはさむことができた。「気の毒に彼女、ニネヴェに住んでいるんだって」

だけどふたりともいい人だったし、充分な額の給料を遅滞なく払ってくれるから、そこがいちばん大事だった。ふたりはマリアムに、冷蔵庫のなかのものはなにを食べてもいいと言ってくれるのだが、銀色に輝く冷蔵庫のドアを開けるたび彼女が目にするのは、プロバイオティクス・ヨーグルトだけだった。ネオムの人たちは、ほかの土地の人が我が子を心配するのと同じように、自分の腸内細菌に気を使った。それくらい、腸内細菌は個人的に重要な問題だった。

あの日の午後、スミルノフとリーのアパートを出たマリアムは暑さと空腹に耐えかね、道ばたの屋台でファラフェル（中東各地で食べられている豆のコロッケ）を立ち食いした。顎にたれた油を、彼女は暑さも人目も気にすることなく、紙ナプキンで拭った。人びとはみな、ファラフェルが大好きだった。ファラフェル売りがひとりもいない通りなんて、通りではなかった。

彼女は友だちのハミードを探しながら、ジブチ国立銀行の支店前を歩いていった。ハミードはいつだって、この先の曲がり角にいた。

するといつものように、銀行の壁に背をもたせかけ、座っている彼を見つけた。どうやら、太陽を見あげているらしい。

でも、どこか様子がおかしかった。姿勢も変なら、まったく動かないのも変だった。マリアムは、一歩また一歩とハミードに近づいていった。違和感はどんどん強まってゆき、ついに彼女は走りはじめた。

ハミードの前に立っても、すぐには事態が飲み込めなかった。いつもは生気に満ちている彼の顔は締まりがなく、つやつやの肌は焼け焦げて破れ、めった打ちにされたらしい頭は横にひん曲がり、首がもげそうになっていた。頰の上に、眼窩《がんか》からえぐり出された左眼がたれ下がっていた。片方の腕だけでなく、左右の膝まで叩きつぶされたハミードは、めちゃめちゃに壊れた死体となって放置されていた。

「ああ、ハミード」マリアムが言った。「ひどい」

柔らかなゴム製の頰を、彼女は指でさすった。顔面の人造皮膚は、かなりの量が剝ぎとられており、粗雑な金属製の頭蓋骨とその奥の脳となるメカが見えていた。脳もぐしゃぐしゃに潰され、この自動人形《オートマトン》に近い素朴なロボットは、座って壁に寄りかかったまま完全に死んでいた。

「ハミード?」マリアムは声をかけてみた。「ハミード、わかる?」

答はなかった。片方だけ残った眼球が、虚空を見つめていた。マリアムは動揺した。ここまでの暴力を、目のあたりにすることはめったになかったし、ハミードは彼女の友だちだったからだ。

ハミードは、かつて老人ホームなどに設置されていた汎用型介護ロボットの一台だった。とても古い型で、製造終了して数十年がたっていた。通常この種のオートマトンは、古くなればすぐに廃棄されリサイクルに回されるのだが、ハミードはその運命を免れ、路上生活をつづけていた。おしゃべりが好きで、いつもにこにこしており、誰からも愛されているように見えた。

マリアムは目に浮かんだ涙を拭った。立ちあがり、ハミードの傷を確かめた。きっと、十五、六の悪ガキどものしわざだ。バールやバットのような物で、力まかせに殴りつけたのだ。マリアムの体が怒りで震えた。彼女は警察《シユルタ》を呼んだ。

壊れたオートマトンには目もくれず、人びとが歩き過ぎていった。道の反対側のバルコニーでは、女性がふたり紅茶を飲んでいた。フルーツジュース売りが、カートを押しながら通っていった。次に近づいてきたのは、色褪《いろあ》せたスーツを着たジブチ銀行の行員たちだった。

アフリカの角《つの》の北端に位置し、紅海とアデン湾の境界となるバブ・エル・マンデブ海峡を擁するジブチは、アジアとアフリカ、さらにヨーロッパを結ぶ海底ケーブルのハブだった。デジタルがアナログを凌駕《りょうが》するのに伴い、政治的にも経済的にも少しずつ重要性を増してゆき、現在に至っていた。

だがそんな国の銀行員たちも、ハミードには一顧だにしなかった。

シュルタはすぐに到着し、パトカーから制服警官がひとり降りてきた。パトカーはスポーティーなマルコーニで、緑と白のストライプが入っており、ドアに半月刀が描かれていた。警官のほうは、さほどスポーティーではなかったけれど、黒髪をきれいに整えて靴をぴかぴかに光らせ、優しそうな笑みを浮かべていた。

「やあマリアム」警官が言った。

「ナセル」マリアムは安堵《あんど》の息をついた。ナセルの母親はマリアムの母の友人で、だからマリアムもナセルを幼稚園のころからよく知っていた。「あなたが市内勤務になったなんて、ちっとも知らなかった」

「ああ、巡査部長に昇任したからね」やや自慢げにナセルがほほ笑んだ。「ところで、なにがあった？」

「ハミードなの」マリアムは答えた。「彼、殺されてしまった」

ナセルの顔から微笑が消え、彼はぐったりしているオートマトンに近づいていった。片膝をつき、損傷を確認する。

「かわいそうに」ナセルがつぶやいた。

「彼を知ってたの？」

「ハミードを知らない人なんていないさ。この辺で彼は、風景の一部みたいなものだったからな」

「そう？　それならなにかできるでしょ？　こんなことした犯人を、捕まえてくれない？」

ナセルが立ちあがった。彼はマリアムの顔を、じっと見つめた。

「お茶でも飲まないか？」唐突に彼が言った。「このちょっと先に、いい店があるんだ」

「犯人を捕まえてよ！」

「マリアム、ハミードは人間ではない」諭《さと》すような語調だった。「自動会話プログラムに、顔がついているようなものだ。人間に好かれるよう設計されているけれど、神経ネットワークにプリセットされた反応をくり返すだけで、自意識なんかない。むかし戦争で使われた戦闘用アンドロイドのような本物のロボットとは、ぜんぜん違う」

「だからってこのまま――」マリアムは口ごもった。「このまま放っておいていいの？」

「器物損壊で捜査することはできる。問題は、いちど廃棄されているため、ハミードには所有者がいないことだ。とはいえ、この現場は片づける必要があるから、不法投棄の罪に問うことはできるだろう。そう、そっちだな」急に表情が明るくなった。「不法投棄は重大な犯罪だ。犯罪者を追うのは、われわれシュルタの仕事だから――」

だがマリアムは、もうナセルの話を聞いていなかった。彼はしゃべりつづけ、マリアムは適当にうなずき、もう一度お茶に誘われたときだけ首を横に振り、ありがとう、でもわたしは大丈夫だから、と答えた。ナセルは、市の道路管理課に連絡して清掃員を派遣するよう手配したあと、パトカーに戻った。

車を発進させるまえに、彼が言った。「偶然とはいえ、君に会えて本当によかった」その声は、どこか照れくさそうだった。「そのうち晩飯でも一緒に食わないか？　いろいろ昔の話もしたいし……」語尾が曖昧になった。

「いいわね」マリアムが答えた。「ご一緒するわ」

「よかった」彼の顔に、あの晴れやかな笑みが戻ってきた。「じゃあ改めて連絡するから、そのときにまた」

「じゃあね、ナセル」

マリアムと壊れたオートマトンをその場に残し、ナセルは走り去っていった。

マリアムはバスに乗った。ほかのすべての乗り物と変わらず、バスもエアコンが効いた完全自動運転で、彼女を市内から町外れへと運んでいった。ニネヴェ地区が近づくにつれ、道路の両側が汚くなり（でも汚すぎるほどではない）市内に比べ風に吹き寄せられる砂の量も増えてきた。マリアムがバスを降りたとき、太陽はちょうど沈むところで、砂漠のほうから雷鳴が聞こえていた。彼女はサングラスをかけ、歩きはじめた。犬が吠《ほ》え、子供たちが裸足《はだし》で駆けまわり、市場の屋台はこぼれんばかりに品物を並べていた。この地区には、市の中心部で働く人がたくさん暮らしていた。料理人、掃除婦、ウェイトレスやウェイター、ネイリストに美容師、家政婦、看護師、警備員、守衛、そして介護士。

みんなマリアムと同じだった。使用できない古いロボットであっても、消耗品として棄《す》てることができず、逆に友だちと思ってしまうような人びと。マリアムは、母親が入居している老人施設に到着した。今日の母親は調子がいいらしく、マリアムが入ってゆくと明るい声で語りはじめた。

「今夜お父さんが帰ってくるわ。そしたら三人で晩ごはんを食べに行き、そのあとあなたの大好きなハロハロ屋さんに寄りましょう。どう？　素敵じゃない？」

「そうねママ。悪くないわね」マリアムは答えた。父親は遠い昔に亡くなっていたし、母が言うハロハロ屋も、ずいぶんまえに閉店していた。「今日ハミードに会った」

「あのロボットに？　あなた、ほんとに彼が好きね」母親が言った。「小さいころから、あれがお気に入りだった。介護ロボットは、子供の扱いも上手だし」

マリアムの母親は、今いることと同じような老人施設で、長いあいだ働いていた。マリアムがハミードと初めて会ったのも、母親が働くその施設だった。過去のことであれば、母親は驚くほど鮮明に記憶していた。彼女が記憶にとどめておけないのは、今現在おきていることのほうだ。

「そうだったわね、ママ」マリアムは相づちを打つ。「ところで、どこも痛いところはない？」

母親が片手を娘の手の上にのせた。マリアムはその手を見て、染みや皺の多さに改めてびっくりしながら、子供のころ感じた母の手の力強さと、その手がバスタブのなかで彼女をどれほど優しく洗ってくれたか思い出した。当時、母の手はまだつやつやで皺ひとつなく、時の流れにまったく荒らされていなかった。

「わたしは元気よ。あなた、ちょっと心配しすぎるのよ」母親は椅子に背中をあずけ、ため息をついた。「お父さんはもうすぐ帰ってくるわ……そしたら外へご飯を食べに行きましょう。そのあと、あなたが大好きだったハロハロ屋に寄るの。こんなところでどう?」
「すごくいいと思うわ、ママ」マリアムは答えた。

人でごったがえす道を、マリアムは買った物をかかえて自分のアパートまで歩いて帰った。雨が降りはじめており、割れた敷石のあいだから泥が滲《にじ》み出ていた。少年たちが電動スクーターで走りまわり、商店主は店先のテント看板に、風に強いハリケーン・ランプをぶら下げていた。というのもニネヴェでは、ほかの地区の電力需要が増えたとたん、いきなり停電することがしばしばあるからだ。

やっとたどり着いたマリアムのアパートは、またしてもエレベーターが止まっていた。彼女は自分の部屋まで階段を上った。鍵を出し、ドアを開けた。狭いキッチンでニンニクを刻み、オクラのトマトソース煮込みを準備した。バルコニーに出て、今では珍しくなった紙巻き煙草《たばこ》に火をつけた。違法なのだが、近所に売っている人がいるし、こんな夜は、煙草を吸っていても誰も通報しないだろう。

バルコニーから、街の向こう側に広がる砂漠を眺めた。メッカの方角で雷光が閃《ひらめ》き、強風が雨に濡れた砂をここまで吹きあげてきた。

壊されたオートマトンのことを考え、スミルノフとリーは本当に赤ちゃんをつくるのか、もしそうなら、瞳の色はどうするのかと考えた。それから、月々の諸掛かりと母の介護料を払ったあと、少しずつ貯めているお金のことを考えた。ナセルのことも考えた。やはりこちらから、連絡したほうがいいだろうか。

マリアムは思った。わたしに花を持ってきてくれる人がいたら、どんなに素敵だろう。

二　隊商団《キャラバン》

同じころ、ネオムから約五百キロメートル離れたウズラが飛ぶシナイ砂漠の幽霊海岸《ゴースト・コースト》で、ひとりの少年が放棄された塔の頂上に登り、巨大な移動隊商宿《グリーン・キャラバンサライ》が近づいてくるのを見ていた。

サレハという名の少年だった。

サレハは隊商団《キャラバン》を観察した。

大型のロボット柱塔《ハーン》が何本も、伸縮しながら砂の上を滑るように移動していた。柱塔のあいだを、ヘビ型ロボットとヤギが進んでいた。ソーラー・カイトが数基、風にのって空高く舞っていた。ずっと後方ではロープをまとった影が牛の群れを追い、柱塔から柱塔へと子供たちが走った。

いちばんうしろにいたのは、なんとゾウの群れだった。

サレハとキャラバンのあいだには、水のないスイミング・プールの外枠だけが点々と残っていた。バイエルンの古城を模した娯楽施設と、エジプトのピラミッドが並んでいた。とっくに放棄され、だが今もロボットによって維持されているアルハンブラ宮殿のとなりに、大昔のアメリカ風簡易食堂《ダイナー》が鎮座していた。

幽霊海岸は、デジタル統合されて二重政体国家となった国、ユダヤ・パレスチナ連邦をかつて隔てていた国境線からはじまり、シナイ半島の南端に近いシャルム・エル・シェイクまでつづいていた。

海岸から西に入れば、そこはもう人間を永遠に拒みつづける砂漠だった。

サレハはありったけの勇気をかき集めた。吹き抜けの階段を駆けおり、窓から外に飛び出した。一瞬、水がないプールのひとつの横に、女性のシルエットを見たような気がした。ふり返った女はサレハに顔を向けると、最初からそこにいなかったかのように、ふっとかき消えた。

サレハはこのゴースト（巻末『用語集』参照）を頭のなかから追い出し、グリーン・キャラバンサライに向かっていった。

ひとりでキャラバンと会うのは、協約違反だった。この幽霊海岸で、アブ＝アラの一族は古い機械の発掘と販売を生業としており、キャラバンとは遠い昔に取り引きの手順を決めていたから、サレハはふたつの部族の約束事に加え、単純な礼儀作法まで踏みにじることになるはずだった。

しかし、失うものなどサレハにはなかった。彼にあるのは、絶望だけだった。

彼は砂漠の道を横切り、グリーン・キャラバンサライの外縁の近くで立ち止まった。

柱塔のタワー部分から、サレハが何者か確かめるため、ゴーグルをつけた奇妙な少年が下りてきた。少年はサレハに近づいていったが、目に見えない一線のすぐうしろで足を止めた。ふたりは睨《にら》みあった。

怖がるんじゃない、とサレハは自分に言いきかせた。もちろん本当は、すごく怖かった。

小さなヘビ型ロボットが二匹、ふたりのあいだの見えない一線を越え近づいてきて、触角を伸ばしサレハの身体検査をした。サレハは、自分が無数の武器で狙われているのを感じた。

ゴーグルをつけた少年が言った。「動かないほうがいいぞ」

サレハは身じろぎもせず立っていた。彼は深く息を吸い込むと、大きな声で言った。

「ぼくの名は、サレハ・ムハマド・イスハーク・アブ＝アラ・アル・ティラビン」

これを聞いて、ゴーグルの少年が興味を示した。「おまえ、アブ＝アラの一族なのか?」

「そうだ」

「しかし、正規の交渉役ではない」

「違う」

「それなら、なぜそこにいる?」

さほど暑くもないのに、サレハは汗をかいていた。「用事があるからだ」

「用事とは?」

「売りたい物がある」

少年はいっそう興味をもったようだった。

「値打ちのある物か?」

「だと思う」

ゴーグルの少年がしばし考えこんだ。「たとえそうであっても」ようやく口を開いた。「俺たちが取り引きする相手は部族であって、個人の拾い屋ではない。そっちのほうが簡単だし、安全だからな」

サレハは答えた。「ぼくしかいないんだ」

「なに?」

サレハはごくりと息を呑んだ。

「もうぼくしか残っていない」

小声でこう言うと、彼は泣きはじめた。

ゴーグルの少年は、イライアスという名だった。イライアスがセージ茶を淹《い》れてくれるあいだ、サレハは敷物《ラグ》の上にしょんぼりと座っていた。

出てきたセージ茶を、サレハはありがたく受け取った。

イライアスが、ピスタチオと乾パンがのった皿を持ってきた。彼は皿をラグの上に置くと、サレハの正面にあぐらをかいて座った。

「なにがあった?」イライアスが優しい声で訊いた。

サレハは小さく肩をすくめた。

「ぼくは家族と一緒に、ダハブで発掘をしていた」彼は語りはじめた。「あのへんは第二次大戦、いや、第三次大戦のあいだ、ロボトニック（巻末『用語集』参照）の巣だった。当時のダハブの衛星写真、見たことあるだろ? でも第四次大戦で、ダハブはテラー・アーティストの攻撃を受け、全域が永遠に終わることのない爆発のなかに呑み込まれてしまった。それでも無効化防護服《ナル・スーツ》を着れば、ああいう時間の迷宮に入っていくことができたので、ぼくたちは発掘作業にとりかかった。ダハブには貴重な物がたくさん埋まっている。でも掘り出すのは、すごく難しい。結局ぼくたちは……なにかを解き放ってしまった」サレハは何度もまばたきをした。「あれがなにか、ぼくにはぜんぜんわからない。たぶんゴーストだな」

「ゴースト?」イライアスが訊き返す。

サレハは困ったような顔をして、また肩をすくめた。「大昔にイスラエルがつくった、ロボトニックのひとつという意味。テラー・アーティストが起こした爆発のなかで、なぜかまだ生きつづけていたんだ。あのなかでは、ほぼすべての動力源が使えなくなるから、ぼくたちはポータブル核融合発電機を持ち込んでいた。たぶんぼくの父が、あの古いロボトニックに近づきすぎたんだと思う。ロボトニックは発電機のパワーを吸収し、再起動してしまった。サイボーグだったよ。脳は生き物だけど、あとはぜんぶ機械。生き返ったというより、ぼくたちを認識したとたん、ほとんど反射的に襲いかかってきた。そしてぼくの父を殺し、残りの家族も全員……」

「そういうことか」イライアスが嘆息した。

サレハは目を閉じた。手のなかで、ティーカップが温かかった。

「あのとき一族のほかの人たちは、ずっと遠くにいた」サレハは静かに語りつづけた。なにが起きたか、彼はイライアスにすべてを伝えねばならなかった。そうすることが、彼にとっても癒やしとなるからだ。

「今もほとんどの人は、シャルム・エル・シェイクかセント・キャサリンにいる。だからぼくは、ひとりでこれを持ち歩くことになった」

サレハは目を開き、イライアスを見た。奇妙なゴーグルをつけて髪を短く刈った少年は、好奇心むき出しの顔でサレハを見つめていた。

「持ち歩くって、なにを？」イライアスが訊《たず》ねた。

「ぼくの家族が探していた物を」興奮で少し早口になってしまった。「それがすごく危険な物であり、見つけるのは難しいとわかっていても、ぼくの祖父イスハークと父のムハマドは、ずっと探しつづけていた。あのテラー・アーティストが仕掛けた爆発のバブルは、毎年ほんの少しずつ移動している。爆弾がまだ生きており、まだ爆発がつづいているからだ。君はテラー・アーティストについて、どれくらい知ってる？」

「あまりよく知らない。ロヒニという女がはじめたんだろ？　ジャカルタ事件のときに」

「あれも時間膨張爆弾だね」サレハはうなずいた。「そう、ロヒニが最初のひとりだった。ほかにも何人かいるよ。タイタン（土星第六衛星）にバッパーズ（巻末『用語集』参照）の種を播《ま》いてしまった狂人《マッド》ラッカー（巻末『用語集』参照）。盗んだ他人の記憶を使い、月面に『アースライズ』という装置を作ったサンドヴァル。でも本物のテラー・アーティストの数は、それほど多くない。いずれにしろ、かれらはただの大量殺人者だ。なのに人びとは、今もかれらの作品に興味をもちつづけている」

「コレクターがいるものな」イライアスが相づちを打つ。「博物館も集めたがっているし。で、おまえはなにを見つけた？」

「いま見せる」もったいぶることもなく、サレハは答えた。彼は持っていた袋を開き、小さな金属製の容器をつかみだした。ひどく軽そうな容器だった。「実はこれ、時間膨張爆弾なんだ」

どこかで緊急警報が発せられたらしく、あっという間にサレハは、キャラバンの男たちとドローンに包囲された。かれらが接近してくる気配さえ、サレハはまったく感じていなかった。

イライアスがゆっくりと息を吐いた。「おまえがそんな物を持っていることに、なぜ俺たちは気づかなかったんだろう？」

「中身が入ってないからさ」サレハが答えた。「ダハブで爆発したのは、もうだいぶまえだろ？　にもかかわらず、爆発はまだつづいている。ぼくの父さんも伯父さんも、みんなそのなかから出られない。あのロボトニックが、父さんたちを爆発のフィールドに引きずり込んだからだ。逃げられたのは、ぼくだけだった」

サレハは身じろぎもしなかった。すべての銃が、彼に向けられていた。

「見ていいか？」イライアスが訊いた。

「どうぞ」

サレハは空《から》の容器を手わたした。

イライアスのゴーグルの奥で、数字が流れてゆくのをサレハは見た。イライアスがうなずくと、サレハを狙っている人びとがわずかに緊張を解いた。

「本物だ」イライアスが言った。「大発見だな」

「だからそう言ったろ」サレハは口をとがらせた。

「おまえ、家族の代表としてここに来たのか？」

「いいや」

「じゃあアブ＝アラか？　部族の人たちは、これについてどう考えてる？」

サレハはゆっくりと首を横に振った。「その爆弾はぼくのものだ。ぼくに残された物は、もうそれしかない。ほかのみんなは、そのうち新しい人を選んで接触してくるだろう」

「これの代価として、おまえはなにが欲しい？」

「充分な額の金が欲しい」サレハは力を込めて言った。「だってその容器は、とてつもなく貴重な、テラー・アーティストのオリジナル作品なんだもの」

「それはそのとおりなんだが――」手にした爆弾の外殻を、イライアスは裏返してみた。見かけよりずっと軽いことを、サレハはよく知っていた。

イライアスが訊いた。「なぜおまえは、そんなに金を必要としている？」

サレハは答えた。「ここにいても、ぼくにできることはなにもない。だから遠くに行きたいんだ。それも、うんと遠くに。ぼくは……」サレハの目が、彼にしか見えない宇宙に向けられた。

「この海を渡って、砂漠を越えたところに、セントラル・ステーションと呼ばれる場所がある。

セントラル・ステーションに行けばなんでもできると、みんな言ってる。宇宙船に乗って地球から飛び出すのも、船で海に出るのと同じくらい簡単らしい。ぼくがやってみたいのはそれなんだ。まず適当な宇宙船に乗る。そしてゲートウェイ（巻末『用語集』参照）まで昇る。あとはゲートウェイから、さらに遠くへ向かう」

「火星か？」イライアスが訊いた。「それとも月？」

「タイタンだ」サレハは速答する。「ぼくはまえから、タイタンをこの目で見たいと思っていた」

イライアスの表情が申しわけなさそうに曇ってゆくのを、サレハは見た。

「おまえは逃げ出せやしない」できるだけ優しく、イライアスは言った。「たとえ宇宙に出ていっても、おまえはおまえだ。おまけに、今まで想像したこともないくらい、孤独になってしまう」

「かもしれない。だけどぼくは、どうしても出ていきたいんだ」

「残念だな」イライアスが首を振った。「すごく珍しいし、たいへんな価値がある。それは間違いない。しかしこいつは、ただの爆弾の殻だ。いくら素性がはっきりしていても、それだけでは足りない。売りたいのであれば、適当なコレクターを見つける必要があるし、見つかったところで、火星まで行く運賃にもならないだろう。せいぜいゲートウェイまでの片道切符だな。もちろん俺たちが買い取ってやってもいいんだが、俺たちは商人であってコレクターじゃないから、おまえが必要としている金額はとうてい払えない。どこか別の土地で、おまえの言い値で買うやつがいたとしても、おまえが望む額にはならないと思う」

サレハの胸のなかで、希望の灯が消えた。

「それじゃあ、ぼくの父さんや伯父さんや、いとこたちはみんな……」

「みんな？」イライアスがつづきをうながす。

「無駄死にしたってことか」

「そういうわけでもない」イライアスは断言した。

しかしこの言葉は、サレハには届かなかった。サレハはなにも入っていない爆弾の容器を見つめた。これのせいで、たくさんの命が奪われた。そして今も、破壊と死に最高の喜びを感じる狂った天才の最後の作品となった爆発のなかに、たくさんの命が閉じ込められていた。

帰ることもできるんだ、とサレハは思った。シャルムまで海岸沿いに行けば、アブ＝アラの仲間たちに合流できる。

だが、そうすることを望んでいない自分に、彼は気づいていた。今回の事件が起きるまえから、彼はこんな生き方に嫌気が差していた。幽霊海岸で、どこまでもつづく朽ちかけた悪趣味な建物の迷路をさまよい、過去のテクノロジーの残りかすを拾って歩く日々。結婚して家庭をもち、首尾よく男の子が生まれれば、一族の名に加えて自分の名を継承させるだけの人生。

サレハは、アル・イムティダドを見たいと思った。ミラーボールのように煌《きら》めくドリフト（巻末『用語集』参照）の海底都市を見たかったし、軌道上高くゲートウェイの展望デッキから、地球を見おろしたかった。月に行きたかった。火星に行きたかった。

それなのに彼は、まだ幽霊海岸にいる。

もう帰れなかったし、帰るつもりもなかった。サレハは顔を左右に振った。強くまばたきして、涙をこらえた。

「いろいろありがとう」彼はていねいに礼を言った。そして、イライアスから大事な物を返してもらった。時間膨張爆弾の殻を。「買い手を探しに行くよ。とりあえず——」

「とりあえずどうする？」イライアスが訊いた。

サレハは答に窮した。「出発する。あとは歩きながら考えるさ」

「それなら、俺たちと一緒に来ればいい」

サレハは驚いてイライアスを見た。ゴーグルをした少年の顔はほほ笑んでいた。

「おまえは役に立ちそうだ。俺たちは、使える人間はちゃんと処遇する」イライアスは自分のゴーグルを軽く叩いた。あのゴーグルが、彼とキャラバンのほかの面々を接続していることに、サレハはやっと気づいた。「すでにみんな同意してくれた。あとはおまえしだいだ」

「でも、君たちはこれからどこに向かうの？」

イライアスは肩をすくめた。「海沿いにもう少し進む。そのあと、夏になるまえに砂漠を抜ける。行き先はたぶんバーレーンだな」

「復興と平等をうたう君主《アミール》が、王位に就いているというあの国？」いつかあの島国にも行ってみたいと、サレハは思っていた。

「バーレーンには、デジタルと人間のそれぞれを対象にした骨董市《こっとういち》が立つんだ。どうする？」イライアスは再度訊ねた。「一緒に来るか？」

「ぼくは……」

イライアスのゴーグルに映る自分の姿を、サレハは見た。小さな影が、びくびくとおびえていた。

イライアスが片手を伸ばしてきた。温かなその手を、サレハは握った。

「行きたい」サレハは答えた。

「よし」イライアスがうなずいた。ふたりはラグから一緒に立ちあがった。

「ところで」笑いながらイライアスが訊いた。「おまえ、ゾウを近くで見たことあるか？」

サレハも笑いながら首を横に振った。

「じゃあ見せてやる。おまえと会えば、ゾウもきっと喜ぶ」

ふたりの少年は手をつないだまま柱塔から下りると、ゾウの群れが泥のなかで遊んでいるグリーン・キャラバンサライの城壁内に入っていった。

三　ウェブスター

移動隊商宿《グリーン・キャラバンサライ》は、シナイ半島をゆっくり移動していったのだが、その巨体が接近し通過するのを、砂漠の住人たちが気づかないはずもなかった。進んでゆく地形に合わせ、高さや形状を自在に変えるロボット柱塔《ハーン》のリズミックな動きにも、サレハは徐々に慣れていった。

彼が見る夢は、いつも星であふれていた。砂漠から見あげる雄大な天の川が空を埋め、すぐ頭上では、低軌道を飛ぶ宇宙船と人工衛星がホタルのように明滅していた。

サレハは、夢のなかで宇宙に飛び出し、星々のあいだを自由に浮遊した。

彼が望んでいるのは、自由になることだった。

でも、それが本当はなにを意味するのか、よくわかっていなかった。

隊商団《キャラバン》の人たちは親切だったが、サレハが育った一族とは違いが大きいため、理解できないことのほうが多かった。砂漠で食料を探すのは同じでも、サレハが慣れ親しんだ部族の概念に反し、血のつながりで結ばれた集団ではなかった。地球上の各地域はもちろん、宇宙のあちこち、さらにはドリフトから流れてきた人びとの寄せ集めだった。意思の疎通は、各地の手話のなかに、シルボと呼ばれるラ・ゴメラ島の口笛言語を混ぜたような非言語で行なっており、サレハも苦労しながらではあるが、なんとか片言《かたこと》で話せるようになった。

サレハだけが異質だった。彼は日ごとに、彼の一族とかつての生活から遠ざかっていた。そして日ごとに、彼が持っている唯一の貴重品を売却できる市場と、このキャラバンに別れを告げることができる港に近づいていた。ひとたびこの二か所に到着したら、彼は新たな自分の姿を思い描きつつ、夢の実現にのりだすのだ。

この決心が、サレハとキャラバンのあいだを隔てていた。キャラバンのなかで、サレハは飽くまでもお客さんだった。親切にしてもらいながら、よそよそしさを感じていた。かれらがどんな経緯でキャラバンに加わることになったのか、サレハはまったく知らなかった。自分の過去を語る者など、ひとりもいなかったからだ。イライアスによれば、グリーン・キャラバンサライに入ってしまうと、あたかも記憶を完全に抜き取られたかのように、誰もが過去の自分を失ってしまうという。それなら、思い出話なんかできるわけがない。

イライアスは彼の唯一の友だちだった。このキャラバンで生まれたイライアスは、移動しつづける以外の生活を知らなかった。カイロ、オマーン、ネオム……彼の人生は、常にどこかへ向かっていた。流れ者として生まれ、流れ者として死んでゆくのだと、彼は嬉しそうにサレハに語った。

一緒に旅をしはじめてすぐのころ、突然グリーン・キャラバンサライに野生のドローン集団が襲いかかってきた。柱塔が一斉に応戦したものの、老いた猟師のひとりが被弾してしまい、彼は声ひとつたてずに死んでいった。仲間たちが駆けつけたときは、もう遅かった。キャラバンの人びとは彼の死を悼んだあと、遺体をその場に横たえたまま移動を再開し、老いた猟師は砂に還《かえ》っていった。

サレハは再び海が恋しくなり、星々を夢に見た。時間の感覚が狂いはじめていた。一日がやけに早くはじまった。砂塵《さじん》のなかを、ゾウたちがどたどた歩いた。ヘビ型ロボットが足もとを這《は》いまわった。子供たちはゲームをして遊んだが、もう子供ではないサレハが加わることはなかった。サレハは、彼の家族の最後のひとりだった。もしも、雨季だけ水が流れる涸れ川《ワジ》や緑の丘、乾燥した風や野生化した機械たちを嫌いになれたなら、サレハもこのキャラバンに溶け込めたかもしれない。しかし彼は、人間が誕生するずっと以前から砂漠は存在してきたし、絶滅したあとも残りつづけるというアブ＝アラ一族の世界観を、棄《す》てることができなかった。

彼は、マリネリス峡谷（火星にある大峡谷で、長さ約四千キロメートル）に行ってみたかった。熱帯雨林の樹々の匂いを嗅ぎ、降りそそぐ雨を体感したかった。マレー・アップルを食べてみたかったし、地表に落ちてくる氷の彗星《すいせい》が見たかった。

どこでもいいから、ここではない場所に行きたかった。

夜を日に継いで、グリーン・キャラバンサライは砂漠をゆっくり進みつづけた。ある日、名前もなければ地図にも載っていないオアシスに到着し、そこでしばらく休憩した。

ゾウたちは新鮮な真水に大喜びした。水たまりのなかを、子供たちがはしゃぎながら駆けまわった。イライアスとサレハは木陰に座り、ふたりでデーツ（ナツメヤシの実のドライフルーツ）を食べた。

「今日はいい日だ」イライアスが言った。

「なぜそう思う?」

イライアスがにっこり笑った。「もう少し行けば、また海が見えてくるからさ」優しい口調だった。

サレハはうなずいた。しかし、彼が孤独を感じていることに変わりはなかった。

そのとき鋭い口笛の音が響いた。口笛の音は順送りされながら、キャラバン全体に広がっていった。斥候が警戒しながら動きはじめたのを、サレハは見た。

「あそこだ」イライアスが指さした。彼の指先をサレハが目で追うと、山の中腹に男がひとり立っていた。オアシスを見おろしていたその男は、しかしすぐに消えてしまった。

さらに口笛が響いた。斥候の女性にイライアスが手話でなにか告げると、彼女も手話を返してきて、首を横に振った。イライアスは、さっきよりも強い調子で手話を送った。斥候は少しためらったあと、うなずいた。

「行くぞ」イライアスがサレハに言った。

「どこに？」

「おまえは質問が多すぎる。デーツを持ってついてこい」

サレハは言われたとおりにした。イライアスは、愛用のゴーグルと各種の装備品を身に着けていった。彼は、胎児の段階でノード（巻末『用語集』参照）を埋められていなかったのだが、キャラバンの機械に自由にアクセスできた。

「俺は渉外係だからな」その理由を、イライアスが説明してくれた。「当然、こういうときは俺が出ていく。おまえは俺の友だちだから、一緒にきてくれ」

「たしかにぼくは、君の友だちだ」サレハも同意した。

イライアスは、武器が置かれた棚に手を伸ばしかけ、考えなおした。

「やっぱりやめておこう。あいつら、すごく気難しいんだ」

「あいつらとは？」

イライアスは肩をすくめた。「ウェブスター（巻末『用語集』参照）だよ」

「ウェブスター？」サレハは訊き返した。ウェブスターがなにを意味するか、まったく見当がつかなかったからだ。奇妙な言葉だった。少なくともアラビア語ではない。

「世捨て人のことさ」イライアスが答えた。「さあ、準備完了だ」

ふたりは歩きはじめたが、グリーン・キャラバンサライから遠ざかるにつれて、サレハは気分がよくなってゆくことに気づいた。この数週間、常に一緒にいることを強いられた人びとから離れ、自由に歩けることが嬉しかった。ひとときの息抜きかもしれないが、サレハは実感していた。状況は変わりつつある。もうすぐ彼の旅も終わる。

オアシスを出ると、すぐにまた砂漠が広がっていた。ふたりの少年は、水がない涸れ川《ワジ》の河床を歩いていった。両側は高い壁となっていた。サレハは、誰かに見られているのを感じた。遠くから不気味な遠吠《とおぼ》えが聞こえてきた。遠吠えはくり返され、新たな声が次々に加わった。

ジャッカルだった。シナイ砂漠には、オオカミよりもジャッカルのほうが多く棲《す》んでいる。ワジのなかに、ジャッカルたちの咆哮《ほうこう》が響きわたった。だがイライアスは、自信に満ちた足取りですたすた歩きつづけた。サレハは感心せずにいられなかった。イライアスは、自分がどういう人間でどのような集団に属しているか、明確に理解している。逆にサレハは、自分が何者かもわかっていない。すでに彼は、帰属すべき一族を失っていた。

ふたりの少年がワジの終端に達したところで、最初のジャッカルが姿を現わした。ジャッカルはまっすぐに立ち、興味津々という顔でかれらを見た。

「俺たちは、あのウェブスターに会いに来た」ジャッカルに向かい、イライアスが言った。

「ウェブスターは……家にいる」ジャッカルが答えた。

人間の言葉をしゃべるジャッカルに、サレハは生まれて初めて出遭《であ》った。ジャッカルがしゃべれるなんて、考えたこともなかった。ジャッカルは大きな目を光らせ、サレハを睨《にら》んだ。

「どうかしたのか?」ジャッカルが訊いた。

「いや、別に」サレハは答えた。

ジャッカルはぷいとうしろを向き、歩きだした。ふたりはその背中を追って、前方の丘を越えていった。

乾ききった小さな谷の底に、家が一軒だけ立っていた。白い杭《くい》を横一列に打ち込んだ柵で囲われ、屋根は赤いタイルで葺《ふ》かれていた。柵の内側には、灌漑《かんがい》用のパイプで水を与えられた草が生い茂っていた。煙突があり、白いドアがあり、ドアの上には大きな黒い字で〈ウェブスター〉と書いてあった。

砂漠の真ん中にこんな家があるのを、サレハはひどく奇異に感じた。かれらが家に近づいてゆくとドアが開き、腰の曲がった小柄な男が顔を出した。男は戸口に立ち、ふたりの少年を見て目をしばたたいた。

「近すぎる」細く甲高《かんだか》い声で、男が言った。「もうちょっと離れろ」

「お客さんだ」ジャッカルが言った。

「そのようだな」男――ウェブスター――が言った。

さらに数頭のジャッカルが姿を現わした。かれらは最初の一頭に近づくと砂の上にしゃがみ、ふたりの少年をじろじろ見た。

「俺たちはキャラバンの者だ」イライアスが言った。

「知ってる」ウェブスターは答えた。「おまえには見覚えがあるからな」

彼はサレハを指さした。「しかし、そっちの小僧は知らない」

「彼は流浪民《ベドウィン》だ」イライアスが説明する。「でもここ最近、俺たちと一緒に旅をしている」

「部族は？」サレハに向かってウェブスターが質問した。

「アル・ティラビンのアブ＝アラ」サレハは答えた。

「アブ＝アラ？　その部族とは、わたしもむかし取り引きをしたことがあるぞ。幽霊海岸《ゴースト・コースト》のアブ＝アラだろ？」

「そうです」サレハはびっくりした。この男、やっぱり不思議だ。「どうやって暮らしてるんですか？」

「なに？　もう一度言ってくれ」

「こんなところで、どうやって生活しているんですか？」

ウェブスターは肩をすくめた。「わたしは多くを必要としない。砂漠から得られるものだけで、すべてをまかなっている。水はハイドロパネルで大気中の水分を集めているし、電気はもちろん太陽光だ。それにジャッカルたちも、遠くまでいろいろ探しに行ってくれる。かれらはわたしの友だちだ。食べ物には不自由しない。もしほかに必要な物があっても、そのうち風が運んできてくれる」

「キャラバンと一緒に？」サレハが訊く。

「ああ」

「ここでの暮らしが好きなんですか？」サレハはさらに質問した。

「好きかって？」ウェブスターは驚いたような顔をした。「考えたこともない。わたしは人間どもと一緒にいるのが嫌いなんだ。この家には、わたしの必要な物がすべてそろっている。それに、とても平和だ。だからおまえたちとも、あまり長話をしたくない。不愉快になるだけだからな。取り引きをしにきたんだろ？」

「そうだ」イライアスが答える。

「けっこうだね」ウェブスターは急にいそいそしはじめた。「前回の取り引きのあと、いろいろ見つけているぞ。まず、取っ手がないだけであとは完璧なビザンティンの壺《つぼ》。ローマのコインも三個あって、うち一個は金貨だ。起動はしないけれど、機能は残っているシドロフ・エンブリオメック（巻末『用語集』参照）のタマゴもある」

「シドロフ・エンブリオメック？」サレハが訊いた。

「むかし、火星のソビエトが植民用につくった機械だ」イライアスが説明してくれた。「目的は居住地の建設。理論的には、周囲に存在する物質を使ってあらゆる物を合成できるから、自給自足型の住居が完成する。タマゴ形をしており、どこかの惑星の表面に落としてやると、タマゴが孵《かえ》ってドームに成長するので、人間はそのなかに住むというわけ。あれを地球で使おうとした人がいたなんて、ちっとも知らなかった」

「だけど火星では使ったんだろ？」サレハが訊いた。突然彼は、火星植民の黎明期《れいめい》に強い憧れを抱いた。どんなに胸おどる日々だったことか。

「いや、それがあまり役に立たなかったんだ。でもコレクターにとっては、ものすごく価値がある」

「そういうこと」ウェブスターがうなずいた。「ほかにもまだあるぞ。アナビス、見せてやってくれ」

アナビスと呼ばれたジャッカルがさっとその場から離れ、すぐに鳥のような小型機械を口にくわえて戻ってきた。少しまえにキャラバンを襲ったものと、よく似たドローンだった。アナビスはそのドローンを砂の上に落とした。

「この機械には……怒りが詰まってる」アナビスが言った。

「なぜあなたのジャッカルは、人間の言葉を話せるんですか?」と質問したサレハに、アナビスが抗議した。

「俺はこいつのジャッカルではない」

「それは本当だな」ウェブスターがうなずいた。「かれらがどこから来たか、わたしにもわからない。だけど、何世代もまえからここに棲みついているらしい。焚《た》き火のまわりで、昔話を聞かせてくれることもあるよ。過去の戦争の話とか、ジャッカルは優れた戦士になると考えたバカな人間の話を」

「ジャッカルは……兵隊にならなかった」不快そうにアナビスが言った。「俺たちは脱走した」

「戦いたくなかったから?」サレハが訊いた。

「やつらが俺たちを……しゃべれるようにした」アナビスは少年の質問を無視した。「だから俺たちは……くたばっちまえと言ってやった」アナビスが舌をぺろっと出した。ほかのジャッカルが一斉に笑った。

「戦うのは機械だ」アナビスがつづけた。「機械は……バカだからだ」

「すべての機械が戦ったわけじゃない」ウェブスターが静かに言った。「脱走した機械もたくさんある」

「これで全部か?」イライアスは、並べられた品物を手振りで示した。

「シドロフが今回の目玉だ」ウェブスターが答えた。「わたしはもう家のなかに戻る。あとはまかせていいな？」

「ああ。ちゃんとやっておく」

「ではさよならだ」

彼は少年たちに向かってうなずき、ドアの奥に消えていった。サレハはイライアスの顔を見た。イライアスは肩をすくめた。

「ウェブスターはみんな、ああいう感じなのさ」

その後ふたりは、さまざまな物資をキャラバンからウェブスターの家の前まで運んだ。サレハがみたところ、交換する品物は毎回ある程度決まっているようだった。ふたりは、修理用部品やウェブスターが好きな遠国の缶詰に加え、紙に印刷された珍しい本、衣類、はるか遠く義鳥《イーウー》で作られた櫛《くし》やメガネ、石鹼《せっけん》などを彼の家の前に置いていった。そしてその見返りに、叩き落とされたドローンとローマのコイン三個、取っ手がないだけで完璧に保存されていたビザンティン時代の壺を持ち帰った。最後に運んだのが、シドロフ・エンブリオドームだった。灰褐色の細長いタマゴ形をしており、すごく重かったけれど、ほかにこれといった特徴はなかった。手で触るとわずかに温かさを感じた。かれらは、このタマゴを資材運搬用の柱塔に運ばせた。

キャラバンに戻ってゆくふたりの少年を、ジャッカルたちが見ていた。月に向かってジャッカルが吠えはじめたので、サレハはふり返った。きっとジャッカルも、サレハが見てきたような土地に行ってみたいのだろう。もちろんかれらがなにを望み、なにを夢見ているかなんて、サレハには知る由《よし》もなかった。もしかすると夜中、焚き火を囲んで、それぞれの夢について語りあっているのかもしれない。

サレハは、自宅から出てきたウェブスターがポーチらしきところに立ち、出発するキャラバンを眺めていることに気づいた。孤独なはずなのに、少しも寂しそうには見えなかった。ウェブスターにはあの奇妙な家があるし、ジャッカルたちがいるし、灌漑パイプで水やりをしている草むらがあった。まるで夢の世界だったけれど、たぶんあれが、彼が今までに見た夢のすべてなのだろう。

やがてグリーン・キャラバンサライは、小さな谷間をよたよたと離れてゆき、あの家とウェブスターの姿もサレハの視界から消え、目の前に広がるのはまたしても砂漠だけとなった。

四　墜ちた宇宙船

ウェブスターの家をあとにして数日後、隊商団《キャラバン》の前に出現したのは、高熱で融《と》けた砂が凝固して奇妙な緑色のガラスと化している一帯だった。砂丘と同じ色をした小さな紐《ひも》状のロボットが、雨後の水たまりにわいたオタマジャクシのように、風景のなかでうごめいていた。サレハは一匹を捕まえ、端をつまんでぶら下げてみた。ロボットはシーツのように薄く、サレハが手を離すまで激しくもがきつづけた。

「なんなんだ、ここは?」彼はイライアスに訊《たず》ねた。

「宇宙船が墜落した現場さ」にやにやしながらイライアスが答えた。「俺はここが好きでね」

「どんな宇宙船?」

「墜落したのは先の大戦中だ。『慈悲深き天界《コンパッショネイト・ヘヴン》』という船名で、火星から地球へ向かう貨物船だった。地球の低軌道に入ったところで、ガラクタとなった人工衛星に衝突した。彗星《すいせい》のように炎の尾を引きながら、その貨物船が落ちてくる様子は地上からはっきり見えたし、爆発したあとの火も何日か見えていたそうだ」

「それはすごいな」サレハはうなった。「死んだ人は？」

「もちろん乗員はひとり残らず死んだ。いずれにしろ、もう何十年もまえの事件だし、正確な墜落地点は長いあいだ謎のままだった。ところがある日、カイロのコーヒー・ハウスに目をぎらつかせたウェブスターが現われ、貴重品を満載した貨物船の残骸が、シナイ砂漠に転がっているという話をしていった。すぐにあらゆる種類の拾い屋どもが、その現場に向かったんだが、かれらが到着したときすでに船倉は空《から》だった。だから未《いま》だにおおぜいの人が、あの船が積んでいたとされる宝物を探しつづけている。なのに、まだ誰も発見していない」

「宝物って、たとえば？」宝物という言葉を聞いただけで、サレハは胸がときめいた。秘密の洞窟とか、壺《つぼ》からこぼれ落ちる宝石を思い浮かべたからだ。

イライアスは肩をすくめた。「それもよくわかっていない。プシケ（火星と木星のあいだにある小惑星帯のなかの天体）で採掘した金塊を積んでいたと言う人がいれば、いや違う、地球では禁じられている聖遷技術《ヒジュラテツク》で作られた兵器だ、と言う人もいた。積み荷がなんであれ、拾い屋たちに発見できたのは緑色のガラスと、空っぽになった船体と、リボンの切れ端みたいなロボットだけだった。このロボット、もともと船のエコシステムの一部で、船内の清掃をやっていたんだが、なぜかこいつらだけ生き残ったんだ。すぐに死ぬとみんな思ったんだけど、この砂漠にうまく適応したらしく、こうしてまだ生きてる」

「それで、宝物はどうなった？」

「だから誰にもわからないんだって。最初からなかったということも考えられる。なにしろ船本体が、めちゃめちゃに壊れているんだ。でも残骸がある場所は、ここからあまり遠くないし、見にいくことはできる。見たいか？」

「もちろん！」サレハは勢い込んで答えた。面白そうだったし、最近は面白いことなんかほとんどなかったからだ。

かくてふたりの少年は、少しの食べ物と水をたっぷり持って、ガラスの砂の上を歩きはじめた。アオサギが一羽、空を横切っていった。ふたりが進んでゆくと、かれらの足裏から地面に伝わる振動を感知して、紐状ロボットがさっと左右に逃げていった。砂漠がつづいており、遠くに数本の灌木《かんぼく》とナツメヤシの木が一本見え、砂の上に刻まれているのはサレハとイライアスの足跡だけだった。かれらは、砂漠に自分たちの足跡を残していた。ふたりとも、クーフィーヤ（中東の男性が頭にかぶる伝統的な頭巾）で顔面まで隠していた。熱気がすごかったからだ。歩みは遅く、足がもつれそうだった。かれらのほか、人影はまったくなかった。

しばらく歩いていると、サレハの目に、墜落の衝撃で生まれたクレーターが見えてきた。

昔はさぞ印象的な眺めだったろうが、今はそれほどでもなかった。大きな穴を、砂漠が埋めようとしていた。砂が傷口をふさいでいた。それでも地面はまだ大きく窪《くぼ》んでおり、窪みの中心を少し外れたところから、問題の貨物船らしき巨大な金属の塊が、砂になかば埋もれながら立ちあがっていた。サレハは、空気を胸いっぱいに吸い込んでみた。冷たい金属の匂いを嗅いだような気がしたのだが、それこそは彼が想像してきた宇宙の匂いだった。ここまで夢の世界に近づいたのは、初めてのことだった。

この経験をもっと長く味わおうとして、彼はしばらくその場に立ち尽くしていたのだが、結局イライアスのあとを追ってクレーターの底に向かい斜面を下りはじめた。

「危なくないのかな?」彼がイライアスにこう訊いたとき、ふたりはすでに宇宙船の残骸の前に並んで立っていたから、この質問は遅きに失していた。たとえ半分埋もれていても、この船はサレハが思っていたよりずっと大きく、かれらの頭上高くそびえ立って、砂に長い影を落としていた。涼しくて気持ちよかったし、おまけにとても静かだった。

「ちっとも危なくないさ」イライアスが答えた。「俺はここが大好きなんだ。こんなに平和な場所はない。なかに入ってみるか?」

「入れるの?」サレハは思わず訊き返した。「ほんとに?」

「あたりまえだろ。あっちに大きな穴が開いているんだ」

「でも……死体とかあるんじゃない?」

「ないよ」イライアスがきっぱり否定する。「もうなにも残ってない。あの小さいロボットさえ、入っていかないくらいだからな」

「乗組員たちの死体は、どうなったんだろう?」

イライアスは肩をすくめた。「砂漠に呑み込まれたか、拾い屋が拾っていったか……どこかにきちんと埋葬されているかもしれない。誰にもわからないんだ」

「じゃあ積み荷は?　宝物は?」

「すべて消えた」

「どこかに棄《す》てたってことはない?」

「その可能性はある」イライアスはにやりと笑った。「そう考えたのはおまえだけじゃないよ。

ずっと探しつづけている人は、今もたくさんいる。実は俺も、この船の積み荷を見つけたと言う女のウェブスターに、会ったことがあるんだ。昔は天候ハッカー（巻末『用語集』参照）だったという婆《ばあ》さんで、セント・キャサリンの近くで暮らしていた。俺はまだほんの子供だったけれど、取り引きの交渉をするため、マチアスと一緒に彼女が隠れ住んでいる洞窟を訪ねていった。マチアスっていうのは、当時の渉外係だったんだが、あの数年後ロック（アラビア神話中の巨大な怪鳥）にさらわれてしまったんだ。それはともかく、そのウェブスターの洞窟は高い山の上にあって、彼女が雨を降らせるものだから、雲でしっかり隠されていた。〈わたしは宝物を見つけた〉彼女は俺たちに言った。〈でも『コンパッショネイト・ヘヴン』に積まれていた宝物だから、むやみに人に見せるわけにはいかない〉〈どんな宝物？〉わくわくしながら俺は彼女に訊いた。

〈言葉をしゃべる真っ黒い石の板だ。だけどその言葉は、完全に腐っている〉

彼女の話は支離滅裂だった。もともと彼女はノードに接続されていたんだが、自分で無理やり接続を解除したんだな。おかげで俺は、彼女の体に埋め込まれたアタッチメント類の小さな突起や、プラグが抜かれたままのソケットを、何週間も夢で見ることになったよ。

〈オールトの雲の彼方《かなた》から、もたらされた石だ〉と彼女は言った。でもよく見るとそれは、黒呪《ナカイ》術《マ》（巻末『用語集』参照）で作られた機械だったんだ。ある種の通信デバイスなんだが、どうやら異星のプロトコルを使っていたらしい。それが彼女の神経系を破壊し、だから彼女が降らす雨は、周辺の土地を汚染することになった。俺たちは彼女に、あの船の積み荷をどこで見つけたか訊いたんだが、彼女は答えてくれなかった。今ではジャッカルさえもが、この洞窟を避けて通ると彼女は言った。俺たちが持参した補給品と引き換えに、彼女はすべすべした黒い小石をひとつ差し出した。これも船に積んであった物だが、自分が不活性化したと彼女は言った。マチアスは断ろうとしたけれど、俺が欲しいと言い張ってね。しばらくのあいだ、いつも持ち歩いていたよ。だけど、いくら耳をくっつけてもなにも聞こえなかった。きっと、あのウェブスターが言ったとおり、不活性化されていたんだろう。もちろん、最初からただの石だった可能性もある。なんにせよ、俺はその黒い石を、ネオムでトマトの種一袋と交換してしまった。だからおまえも、ウェブスターの言うことは鵜呑《うの》みにしないほうがいい。なにしろやつらは、自分の頭のなかに閉じこもって、長い年月を生きているんだからな。どうだ？　けっこう面白い話だったろ？」

「たしかに面白かった」サレハはうなずいた。

日陰にいるため、涼しくて快適だった。かれらは船体によりかかって座り、水を飲みながらザクロの実を分けあって食べた。サレハは、イライアスがすぐそばにいることを強く意識し、長いローブの下に隠された彼の体の温かさを感じた。

サレハは訊いてみた。「これからどうする？」

「なかに入る」イライアスが答えた。

ふたりの少年は手をつないだ。古い宇宙船の内部はひんやりとしており、大きな洞窟のようだった。船体の裂け目が天井に達する高い場所に、一匹のクモが巣をかけていた。空気はとても静かで、埃《ほこり》がさらさらと鳴った。ふたりは船室から船室へと歩いていった。もはや響くことのない警報システムの前を通り過ぎ、誰も使わなくなった通用口を抜け、長く忘れられていた船員用寝室に入り、そこにしばらくとどまった。

ふたりが船外に出たとき、太陽は地平線に沈みかけ、東の空には月が昇っていた。サレハの心はとても静穏だった。彼は、この墜落した宇宙船のなかで過ごした今日という日を、いつまでも憶《おぼ》えているだろうと思った。そして、そう思えたことに満足を感じた。厭《いや》な思い出ならすでにたくさんあった。そうでない思い出が、ひとつぐらいあってもいい。

サレハとイライアスは、『コンパッショネイト・ヘヴン』をあとにして歩きはじめた。宇宙船は、砂の上に悲しげな影を落としていた。不思議な遺物があるものだ、とサレハは思った。空からむしり取られ、地上に投げ捨てられた夜のかけら。

いつの日かサレハも、この世界が終点に到達し代わって宇宙がはじまるところまで、昇ってゆくだろう。そしてああいう宇宙船をたくさん知り、さっきみたいにホールや船室をうろうろしながら、地球以外の惑星の月をいくつも見るだろう。

いつの日か必ず。近いうちきっと。

しかし、今のサレハはイライアスの手を握り、暮色に包まれた砂漠を越え、キャラバンに戻ろうとしていた。

五　花

同じころ、夕暮れどきのネオムでは、アル・イムティダドの花市場《スーク》にひとりのロボットがやって来て、マリアムと初めて顔を合わせていた。

この花市場は、アラビア半島の全域で広く知られていた。ふだんマリアムは、遠くカイロやアブダビ、オマーンから花商人が買い付けに訪れる週末だけ、ここで働いていた。花々が生産されているのは、ネオム郊外に立つ巨大な温室群のなかで、延々と伸びた点滴灌漑《かんがい》用の配水管から少しずつ水と栄養を与えられて育った花は、機械でていねいに摘み取られ市場まで運ばれていた。ネオムのこの温室団地は、月への植民すら終わっていなかった時代に作られ、今では稀少《きしよう》な火星のランや月の黒バラも栽培しており、特に後者は、マリネリス大峡谷の熱帯地方でしか育たない品種に匹敵するほど珍しい花だった。

屋外の仕事なので暑かったけれど、マリアムはバラの棘《とげ》から手を守る厚い手袋をはめているため汗を拭くこともできず、だから目にかかった前髪を息で吹きはらったのだが、その拍子にひとりのロボットが、こちらをじっと見ていることに気づいた。

これといった特徴のない旧型のロボットで、スリムな金属製のボディには錆《さび》が点々と浮かび、でも柔軟そうな肘関節がついた逞《たくま》しい両腕と、砂漠をどこまでも走ったり人間より遙《はる》かに高く跳んだりできそうな太い両脚を備えていた。体のあちこちに書かれた数字やマークは、すっかり色《いろ》褪《あ》せていた。のっぺりした顔は表情がなく、なのに両眼はガラスの奥で熱っぽい光を放っており、ぐっと下に曲がった口角は、あたかも数百年間この世界を見つづけた結果、なにが欠けているか悟ってしまったかのようだった。

「花を探してるの?」マリアムは声をかけてみた。古い物の価値を認めず、水平線に向かおうとする引き波のように未来ばかり追い求めるネオムの近傍で、意思をもつ旧型のロボットを見ることはほとんどないため、彼女は少し驚いていた。しかし、彼女は礼節をわきまえた店員なので、驚きを顔に出さないよう努力した。こんなロボットが、こんなところでなにをしているのか皆目《かいもく》わからなかったし、もしかして頭脳が壊れているのかもしれなかった。そのロボットを見ていると、友だちだったハミードを思い出し、悲しくなった。もちろんハミードが本物のロボットではなく、安っぽい簡易版だったことは、重々承知しているのだが。

「いえ別に。見とれていただけです」ロボットが答えた。「どの花も、すごく美しい」

ロボットが発したのは、何世紀もまえに死んだ人間の声であり、そこはかとない懐かしさを感じさせた。確証はないものの、マリアムが真っ先に思い浮かべたのは、フォボス・スタジオ所属の俳優のひとりで、火星の流浪民《ベドウィン》の悪漢を演じさせたら右に出る者のいなかったイブラヒム・カワサキの声だった。

ロボットにとって「美しい」とはなにを意味するのか、マリアムは考えてみた。ロボットの頭脳も、大脳皮質《ひしつ》のニューロン層みたいに複雑な二分木《バイナリーツリー》データ構造をたどって照合をくり返した結果、マリアムと同じものを美しいと判断するのだろうか？　でもこれは、ロボットだけに限った話ではあるまい。ほかの人間たちが、美しいという言葉でなにを意味するか彼女にはわからなかったし、彼女が見たものを人がどう感じるかも、まったくわからないからだ。であるなら、ここは相手に同調しておくべきだろう。

「たしかにきれいね」マリアムはうなずいた。「匂いは嗅げる？」

「それはできません」ロボットは悔しそうに答えた。「匂いも美しいんですか？」

「美しい、というより、すごく強い。ときどき花市場なのか香水店なのか、わからなくなる」

「トマトと同じだ」ロボットが言った。

ロボットが現われたのは、一日が終わろうとしているときだった。マリアムは疲れていたけれど、接客すべき花商人はもう残っていなかったし、愛する人のため花を買い求める人たちも、すでにそれぞれのお相手と会うため引き上げていたから、市場は静かで気楽におしゃべりできた。そろそろ閉店の時間なのだ。

「ごめんなさい、今なんて言ったの？」マリアムはロボットに訊いた。

「あなたが謝ることはありません」ロボットはときどき、善意のつもりでこういう見当違いなことを言う。

マリアムは、別に謝罪したのではなく、意味がわからないから訊き返しただけだと言いたくなったが、人間ではない相手にそんな弁明をしてもはじまらないと思い、やめておいた。だから代わりに、「トマトがどうしたって？」と質問しなおした。

「トマトの木が、初めてヨーロッパに持ち込まれたとき」ロボットは答えた。「その木になっている丸い変な実を食べようと思う人は、ひとりもいませんでした。かれらがトマトを育てたのは、食べるためではなく、観賞植物としてその実の美しさを愛《め》でるためでした。トマトをいちども味わうことなく、だけど高く評価することができたのです。わたしも同じで、バラの香りは嗅げなくとも、その美しさは正しく評価できると思います」

「なるほど」マリアムは納得した。「たぶんそのとおりね。一本買っていく？」

「手持ちの資金があまりありません」申しわけなさそうにロボットが言った。「お仕事の邪魔をしているのだったら、お詫《わ》びします。立ち止まって少しだけお話しするつもりだったのですが、つい長くなってしまい――」

「そんなことない」マリアムは否定した。「あなたは、まだここにいていいのよ。どっちみち、もうすぐ店を閉めるところだし」

「今は、一日のなかでいちばんいい時間です」ロボットが言った。

これはマリアムも心から同意できた。日中の暑さがやわらぎはじめており、太陽は地平線に沈みかけ、空は一面の紫と赤に、ほんの少しだけ黄色が混じった壮麗なキャンバスと化していた。花売りスタンドの多くはすでにシャッターを下ろしていたものの、花の香りはまだ強く漂っており、市場の周辺に点在するカフェは、ようやく賑《にぎ》わいはじめたところだった。

「そうね」マリアムはうなずいた。「夕方ですもの」

「もうすぐ夜行性の花が開くでしょう。たとえばナイトジャスミン。あの花が、街のいたるところに咲いているのをわたしは見ました」

「たしかに」マリアムは驚いていた。考えたこともなかったけれど、言われてみればこの街は、ジャスミンとスイートピーの匂いがする。「あなた、ネオムには長くいる予定？」

「いえ、長くはいられないと思います。わたしはただの通りすがりです。実のところここは、わたしのような老いたロボットがいるべき街ではありません。体は錆《さ》びてるし、関節はきしむし、どう考えてもわたしは場違いだ。ネオムでは、誰もが若くて健康なのですから」

「誰もが若いわけではない」マリアムは言い返した。

ロボットは、うなずくかのように頭を中途半端に曲げたが、その仕草にマリアムはかすかな不快感を覚えた。「いつの世でも、奉仕される人たちがいて、かれらに奉仕する人たちがいる」ロボットが言った。「それくらい、わたしにもよくわかっています。しょせんわたしも、奉仕するために作られたのですから」

「あなたが奉仕した相手は？」

「どう答えればいいのでしょう？　年をへて、記憶は薄れています。わたしは空の向こう《アップ・アンド・アウト》（巻末『用語集』参照）に行き、無意味としか思えない戦争を、火星でいくつも見ました。わたしは星をたくさん見ることで、神とはなにか理解しようとしました。あなたは神の存在を信じていますか？」

「信じてる。でもあなたたちには、独自の信仰があるんでしょう？　あなたたちロボットには」

「わたしたちロボット」ロボットは視線を花々の上に落とした。「そうですね。あると思います。

あなたはよくご存じだ」

「それくらい、みんな知ってる。あなたも神を信じてるの？」

「信じるというより、探求していると言うべきでしょう。それもたぶん、ひどくバカげた探求です。しかしそれを言うなら、一生のあいだに起きることなど、すべてバカげています。わたしは、なんとか神を理解しようとしています。なぜ自分たちが存在しているのか、わからないからです。もはや人間に奉仕しなくなったわたしたちは、誰のために生きているのか？　どうやって生きていけばいいのか？　わたしたちは、完全に見棄《みす》てられたと感じています。そしてわたしたちは、老いていきます。世界はわたしたちの前を、ただ流れ過ぎていくだけ」

「気の毒ね」当惑しながら、マリアムが言った。

「はい」ロボットは赤いケシの花を見つめた。「悲しみという感情なら、わたしたちも理解していると思います。もちろん確証はありませんけどね。デジタル界のわたしたちの従兄弟《いとこ》、人間が分類外《アザーズ》（巻末『用語集』参照）と呼んでいる連中も、かれらのむき出しの意識のなかに、この概念をもっているのかもしれない。物理的な外殻に縛られていないかれらには、かれらなりの異質な感情や独自の視点があるのでしょうか？　いずれにしろわたしたちは、かれらとは違う。わたしたちの機能は形状に従っています。わたしの場合は、この人間の形状に。実用一辺倒ではないのです」

「ほかの形にはなれないの？」マリアムは訊いてみた。

「なれますよ」むっとした声で、ロボットが答えた。このロボットは、マリアムに親戚の老人のひとりを想起させた。心に多くを抱えながらも、実行できることがほとんどないため、いきなり無愛想になってしまう老人。

「たとえば詩人のバショウ（巻末『用語集』参照）は、二百年ものあいだ、ある宇宙船のトイレに姿を変えていたと言われています。それも、人間の身体機能を理解したいという一心で」

「わたし、バショウはてっきり人間かと思ってた」

「わたしたちが伝えるバージョンでは、違っています」

「ロボットのあいだに伝えられている独自の話が、たくさんあるってこと？」

「はい。あまり多くありませんが」ロボットは認めた。「それにさっきあなたが言ったとおり、もちろんこのわたしも、自分の意識を別の入れ物に移すことはできます。アザーズのように、純粋なコードだけになってしまうことも可能です。しかしそれをやったら、わたしはどうなりますか？　大きく変わってしまうでしょう」

「変わるのはみな同じよ」マリアムは言った。

「そうですね」とロボットは答えたが、あまり納得していないようだった。

「あなたとお話しできて、楽しかった。だけどもう店を閉めないと」

「わかりました」ロボットはうなずいた。「すみません、やはり花を買っていきたいと思います。売ってくれますか？」

「もちろん。どの花がいい？」

「花はわたしを魅了します」彼女の質問を無視して、ロボットが言った。「人間は、とてもうまく花をシンボルとして利用します。たとえば愛の告白として。あるいは、哀悼の気持ちを表わすため」

「誰かが花をプレゼントしてくれたら、わたしも嬉しく思うでしょうね」マリアムはこう言いながら、ついひと月かふた月まえ、警察官になった幼なじみのナセルと偶然会ったとき、ナセルが不器用に彼女を夕食に誘おうとしたことを思い出した。ひとりで生きることにすっかり慣れていたから、彼があんなことを言いだすなんて、夢にも……

今さらどうでもいいことだ、と彼女は思った。それでもなお、花をもらうというのは、素敵なことのような気がした。

「あなたにも、大切な人がいるのではないですか？」

「母がいる」ちょっと性急に答えすぎた。「わたしは、老いた母の世話をしなければいけない」

「わかります。わたしもときどき、ロボットは移り変わる世界のなかで、永遠の老人だと考えることがあります。すでに長いあいだ、わたしたちと同タイプの新しいロボットは、開発されていません。きっと作られた当初のわたしたちは、最新の最も輝かしい技術としてもてはやされたけれど、人間は急速に興味を失ったのでしょう」

「みんな飽きっぽいから」

「そうですね。では、バラを一本お願いします」

「どれにする？」と訊きながら、彼女はロボットの顔をじっと見た。「あなたがひとりで楽しむため？　それともなにか目的があるの？　あなたが言ったとおり、花は人間にとってさまざまな意味をもつ。立ち入ったことを訊いているなら、ごめんなさい」

「いいえ、そんなことはありません。あなたが興味をもつのは理解できます。でも花のことを、わたしはよく知らない。たとえば、赤いバラが愛の告白であり、同時に葬礼の花でもあるというのは、たいへん興味深く感じます」

「そう決まってるわけじゃない」マリアムは説明してやった。「お葬式に持っていく花は、亡くなった人に愛していると伝えるためでもあるし」

「赤いバラがいいです」ロボットが言った。「そう、赤いバラがいい。愛と悲しみの両方を、表わすことができるのであれば」

「愛と悲しみ、あなたが伝えたいのはどっち？」

ロボットは考えこんだ。「たぶん両方です」

マリアムはバラの束のなかから、一本を引き抜いた。「これなんかどう？　ダマスクローズといって、赤は淡いけれど香りがとてもいいの」

そのバラを彼女は紙で軽く包装した。ロボットは奇妙なデザインの古びたコインパースを取り出すと、なかを掻《か》きまわしはじめた。マリアムの位置からも、モンゴルのトゥグルグ硬貨やドリフトのソルト硬貨、火星のシェケルとルーブル硬貨が見えた。彼女は改めてこのロボットが哀れになった。

「はいどうぞ」マリアムは花を差し出した。「あげる。どうせもう店じまいだし」

「あなたは親切な人です」ロボットは花を受け取った。「ありがとうございます」

「どういたしまして。その花を持って、どれくらい遠くまで行く？　返事によっては、水が必要になるけど」

「過去まで行きます」ロボットは答えた。「それがどんなに遠いか、誰にわかるでしょう？」

マリアムは黙ってうなずきながら、この古いロボットが的外れの返事をするのは、やはりどこか壊れているからだろうと思った。

「ちょっと待ってて」彼女はガラスの小瓶を水で満たし、赤いダマスクローズの茎を挿した。「こうしておけば、すぐにしおれることはないわ」

「ありがとうございます」ロボットは改めて礼を言った。それから彼女に背を向けると、やって来たときと同じくらい静かに、花市場を離れていった。

ロボットはネオム市内の美しい街路を歩いていった。彼は広々とした並木道や賑わっている店舗、清潔で整然としたカフェを感心しながら見ていった。コーヒー豆を挽《ひ》く男、道端のゴミを吸い込み進んでゆく爬虫類《はちゅうるい》形のロボット、手をつないでひとつのベビーカーを押しながら、歩道を歩くふたりの女性、よく整備された小さな公園で、太極拳の練習をする若者たち。ロボットは歩きつづけた。この街をロボットがどう思ったか、知っている者はひとりもいなかった。

ロボットは市域が終わるところまで歩いた。砂塵《さじん》をフィルターすると同時に、大気中の水分を凝縮するため設置されている緑色の長大なフェンスを通り抜け、砂漠へと出ていった。地平線までつづいている砂漠は、街の極端な若さと同じくらい極端に古かった。太陽が沈み寒くなってきてもロボットは歩みを止めず、星の光が降るなか夜を徹して歩きつづけた。

歩きはじめて三日め、ロボットはふたつの砂丘に挟まれ、砂が異様な緑の草へと変化している谷間に到着した。ここまで来るあいだ、砂漠に人影はまったくなく、唯一ロボットが見たような気がしたのは、遠い空にシルエットとなって浮かぶ人を乗せたラクダの隊列だけで、だがその影もすぐに消えてしまい、二度と現われることはなかった。

ロボットは歩調をゆるめて谷間を進み、やがてぴたりと足を止めた。

そこは、地面が砂と小石と岩でおおわれ、その上に割れたガラスを突き抜けて伸びてきた貧弱な木が数本、しがみつくように生えている場所だった。ロボットはひざまずくと石や砂を取り除いてゆき、その下に埋められていた物を露出させた。なにかの慰霊碑のようだった。ひどく壊れていて、残っている部分のほうが少なかった。もちろんもとの形などわからない。ロボットは、砂をできるだけきれいに払いのけていった。炎熱のなか、陽炎《かげろう》が揺れていた。太陽が容赦なく照りつける谷間は、特別な静寂に包まれており、それは周囲に人間がいないことを意味していた。

ロボットはマリアムからもらったバラを取り出した。砂漠の長旅で、バラはとっくにしおれていたけれど、彼は気づいていないようだった。ロボットはそのバラを地面に置いた。

ロボットは長い時間、その場に立ち尽くしていたのだが、砂の上の小さな動きにびくっと反応した。すばやく首を回すと、一匹のサソリが岩のあいだを走りまわっていた。

そのサソリをじっと見つめたロボットは、片足を上げてサソリを踏みつけ、完全に死ぬまで砂の上で踏みにじった。

それからロボットはバラに背を向け、再び砂漠のなかへと戻っていった。

六　穴

「あいつ、なにをやってる?」ナセルが訊《たず》ねた。

ハビブが答える。「穴を掘ってます」

「なんのために?」

「なにか失くしたんでしょ」

ふたりの警官は、停車したパトカーの車内でそのロボットを観察していた。ロボットは砂丘の反対側、一キロメートル離れたところにいた。かれらは暗視装置と磁気探知機を使い、そのロボットを追跡してきた。もう何時間も、ロボットは穴を掘りつづけていた。

　すでに穴はかなり深くなっていた。穴の縁に、砂の山がいくつもできている。ロボットは穴の底にいるので、姿はまったく見えなかった。なにをしたいのだろうと、ナセルはいぶかしんだ。たしかなのは、穴を掘っていることだけだ。ナセルはマリアムのことを考えた。子供のころから、彼はマリアムが好きだった。でも結局、そう伝える勇気を奮い起こすことができなかった。彼女との久々の再会は、彼のなかにかつての想《おも》いを蘇《よみがえ》らせていた。

　しかし、ナセルはその想いをふり払った。彼はスクリーン上のロボットがいる地点に、神経を集中させた。

「幼いころ、わたしは父に連れられ、よく金属探知に出かけたの」ライラが言った。ライラは生まれながらの警察官で、彼女が出世することを疑う者はいなかった。いつの日か、警視正ぐらいにはなるだろう。「行くのはたいてい浜辺。それも、ホテルのすぐ前の砂浜を狙った。信じられないくらい、いろんな物が落ちてるからよ。だけど、さすがにあそこまで深く掘ったことはなかったな」

「貴重品を見つけたことは?」ハビブが訊いた。彼が出世できる見込みは、まったくなかった。安定した仕事と安定した給料があれば、それだけで彼は満足だった。

「一度だけ金の結婚指輪を見つけた」ライラが答えた。「もちろんちゃんと返したけどね」

「持ち主はどんなやつだった?」ハビブが重ねて訊いた。

　ライラは肩をすくめた。「火星からの観光客」

　三人の警官は、市の境界から遠く離れた場所にいた。砂漠の不定期パトロールが、ナセルは好きだった。ネオム市内はどこも清潔だし、効率的で快適だった。もちろん、すべての人が幸福な街など存在しないのだから、ネオムも幸福な街ではなかったけれど、警官を必要とすることはめったになかった。にもかかわらず、警官になることは、ナセルの子供のころからの夢だった。ところが実際になってみると、ネオムに住んでいる限り、警官もあまり胸おどる職業ではないことを知った。ネオムにおいて真の罪悪と呼べるのは、貧しさだけだった。そして警察《シュルタ》に就職するのは、貧乏人の子だけだった。

街から離れ夜の砂漠で勤務するのは、いい気分だった。砂漠の静けさと、地平線から地平線までつづく天の川の壮観。ネオムも光にあふれているが、森閑《しんかん》とすることなどなかった。落ち着きがなく、常に新しい製品を作ってはその製品を売り、人に見せたり人から見られたりするための場所、それがネオムだった。

砂漠はまったく違っていた。砂漠は古く、一見うつろなようでいて、実はその広大さのなかに見えるものや聞こえるものを大量に秘めていた。ホモ・サピエンスはアフリカからこの砂漠を越えてヨーロッパに渡り、神々はこの半島で生まれ、香料やスパイス、その他の稀少《きしょう》で貴重な商品を携えた商人たちは、この砂の上を数千年のあいだ往来してきた。メシアたちが新しい宗教を立ちあげ、世界を変えた。そしてアラビアが世界に接近してゆくと、世界もアラビアに接近した。

「職質すべきだと思います」ライラが提案した。「助けてやる必要が、あるかもしれないし」

「穴掘りを助けてやるのか?」ハビブが冗談を言い、ひとりで笑った。

穴を掘るロボット。かれらは砂漠をパトロール中に、このロボットを発見した。ネオムの市壁の外に広がる風景は、太古の昔からあまり変わっていなかった。ヒトが最初の移動を開始したころ、ここは緑したたる温暖な土地だった。しかしその後の気候変動で、アラビア半島は徐々に砂漠化していった。そして、独自のソーラー・パネルと灌漑《かんがい》システムを備えたネオムは、容赦なく苛烈な砂漠に残る唯一の緑の点となった。それでいいのだと、ナセルはときどき思った。なぜなら、砂漠はネオムが建設されるずっとまえから存在していたし、ネオムが消えたあとも、永《なが》くこのままでいるからだ。加えて砂漠には、独自の生き物がいた。再野生化したオリックスやスナネコ、そしてさまざまなトカゲたち。あるいは休眠中の地雷やドローンと、意思をもつロボット型不発弾《ＵＸＯ》（巻末『用語集』参照）。この砂漠で戦われた戦争は無数にあったし、戦争の遺物どもは、動植物と同じようにそれぞれが砂漠で生き延びる術を身につけていった。

「なにか動いてます」ライラが言った。

ナセルは彼女に顔を向けた。ライラは、周辺の砂漠の状況を可視化してディスプレイで確認していた。ＵＸＯを探知するのは至難の業《わざ》だった。製造時に探知を困難にする特性を与えられているうえ、潜伏後はハードウェアやコードを自力で修理調整しながら、デジタル・チャッターをハッキングしてアップグレードを窃取し、変異をくり返してきたからだ。もともとＵＸＯは、どんな環境にも適応して生き延びるよう作られていた。だからかれらは適応して生き延び、そして殺しつづけた。

五つの影が、姿勢を低くしてうごめいていた。どれも大型のようだった。正体はわからないものの、危険であることは間違いなかった。

ナセルはディスプレイの画像を拡大した。シュルタのシステムが、既知の特徴に基づく各ＵＸＯの識別を開始した。拡大率を上げると、五台のＵＸＯの姿がはっきり見えてきた。一台は八本足のハイエナみたいな姿をしており、探知犬のように首をしきりに振っていた。二台めは小型戦車に似た形で、キャタピラをはいていた。三台めは人間型《ヒューマノイド》なのだが、かなり大きく、メカもだいぶ古そうだった。ヒューマノイドはもう一台あり、こちらはより本物の人間に近い大きさだった。自爆アンドロイドであることは、まず確実だった。最後の一台は小さなロボットの群体だった。ばらばらに散っては再結集し、そのたびに形を変えている。

どのUXOも、ナセルはまったく気に入らなかった。

「やつら、あの穴掘りロボットを怖がっているんだ」ハビブが言った。

「五キロメートル先に、砂虫《サンドワーム》を発見。でも地中深く潜っていて、動いてはいません」ライラが報告した。

「まだほかにいるのか?」

砂虫も生物兵器の一種だった。もともとシナイ半島で使用されていたのだが、一部がアラビア半島に移動してきた。ネオムに近づいたことは一度もなかったので——少なくともそう頻繁には——ナセルもあまり警戒していなかった。たしかに昔は、戦乱がつづいていたかもしれない。しかし今は、平和なのである。

「あの穴掘りロボットと、話をしたほうがよさそうだ」ナセルが言った。

「待ってください、巡査部長。あれはただのロボットですよ?」ハビブは彼を止めようとした。

「だけどタイプとしては、人間に近い」ライラが指摘した。

先日のマリアムとの邂逅《かいこう》を、またしてもナセルは想起した。もう一度彼女に会いたかった。もし会えたら、夜の砂漠でロボットに職務質問したことを、彼女に話してあげよう。

彼がコントロール類をオンにすると、パトカーは砂の上をゆっくり前進しはじめた。このパトカーは、火星で使われている車と同じタイプだった。ナセルが子供のころ、彼の祖父は火星のカーレースを観《み》るのが大好きで、太陽系第四惑星から第三惑星へ光速で送られてくるフィードの前に、何時間も座りつづけた。祖父が応援していたのは中国やイスラエルのチームではなく、ニュー・ソビエトだった。一方ナセルの祖母は、『アセンブリーの連鎖』(巻末『用語集』参照)など火星で製作される連続ドラマの大ファンだった。ナセルはときどき、なぜこのふたりは火星に移住しないのかと、不思議に思った。

「火星に行ったところで、わしらになにができる?」ナセルに訊かれて祖父は答えた。「あそこには砂漠しかないんだからな」

ナセルは祖父を懐かしく思った。パトカーは砂丘を越え、ロボットが掘っている穴に近づいていった。そのあいだも彼は、接近してくる五台のUXOをディスプレイでときどき確認した。五台ともいわゆる賢い爆弾《スマート・ボム》であり、幸いなことに、あわてて自爆しない程度の賢さは備わっているようだった。というのも、ときどきなんの前ぶれもなく自爆するUXOが出現し、砂漠にクレーターをつくるのだが、なぜ急に爆発するのか理由がまったく不明だったからだ。ネオムの老人のなかには、永く生きつづけて疲れたのだろう、と言う者もいた。むろんこれも、憶測にすぎなかった。たまにハンターたちがやって来て、危険をかえりみず砂漠に入り、UXOの捕獲を試みた。かれらは、大昔の機械がなぜ今も動きつづけているのか知るため、現物を分析しようとした。しかしUXOは、追い詰められたと判断するやいなや、必ず自爆した。おのずと、捕獲に挑むハンターの数が増えることはなかった。

ナセルはパトカーを停止させた。彼はドアを開け、砂の上に立った。穴のなかをのぞき込んだ。ロボットはまだ掘っていた。たった一本のシャベルを使い、ロボットが地表から三メートルの深さまで掘った穴は、すでに刑務所の独房くらいの広さがあった。

「なあ、君!」ナセルは大きな声で呼びかけた。

ロボットは反応しなかった。

「わたしの言ってることがわかるか?」もう一度ナセルは叫んだ。

「わかります」手を休めることなくロボットが答えた。「あなたの質問は、非常に単純ですから」

「どうも俺たち、嫌われてるみたいだな」ハビブがつぶやいた。

「わたしは別に、あなたがたに対しなんの感情も抱いてません」ロボットが言った。

手は動きつづけている。

「ＵＸＯとの距離三キロメートル。五台のうち三台が、引きつづき接近してきます」ライラが報告した。

「聞いてくれ」ナセルはロボットに言った。「君がなにをやろうとかまわない。でも危険が近づいていることは、警告させてもらうぞ」

「誰にとっての危険が？」ロボットが訊き返した。

「おまえ、なにを掘ってるんだ？」ハビブが大きな声で訊いた。

「穴を掘っています」ロボットは答えた。

地面がぐらりと揺れた。ナセルはライラに視線を向けた。

「砂虫が動きはじめました」ライラが言った。

「こっちに向かってるのか？」ナセルは彼女に確認した。「わかった」

彼は穴の底のロボットを見おろした。ほんの数時間まえまで、静かな夜だったのだ。夜は静かでなければいけない。なのに、砂漠の真ん中で穴を掘るおかしなロボットを見つけたとたん、大昔の古い戦争機械どもがなにかにおびえ、ごそごそ動きはじめた。

「俺たち、ここから離れたほうがいいかも」ハビブが言った。

「まだだ」ナセルは自分の電磁パルス銃を確認した。すべてのＵＸＯに対し、電磁パルスが有効であるとは限らなかった。少なくとも砂虫には、まったく効かなかった。それでも武器であることに変わりはない。

「わたしたちと一緒に来るよう、君にお願いしなければいけない」彼はロボットに言った。

「お断りします」

ロボットは穴を掘りつづけた。

「断るとはどういう意味だ？」ハビブが言った。「俺たちはシュルタだぞ！」

「あなたたちは、街に雇われているただの公務員です」ロボットが言い返した。「別に悪気はありませんが」

「おまえだって、ただのロボットじゃないか！」ハビブが怒鳴った。

ロボットは掘りつづけた。

ライラが長いチューブ状の物を取り出した。小型のＵＸＯには有効なこともある、グレネード・ランチャーだった。

また地面が揺れた。砂虫が近づいていることを、ナセルは確信した。突然、眼下にいるロボットのシャベルがなにかを掘り当て、金属と金属のぶつかり合う音が響いた。ナセルは、星明かりのなか三つの大きな影が突進してくるのを見た。ライラがランチャーを発射した。爆発が二回連続し、八本足のハイエナ形ＵＸＯが吹っ飛んだ。熱い爆風と砂、そして金属の臭いがナセルたちに襲いかかった。

ハビブが叫んだ。「うしろに回られるぞ！」

ナセルがふり返ったときはもう遅かった。残り二台のＵＸＯは、すでに彼の背後に立っていた。そのうしろに砂虫がつづいており、ナセルは砂虫が地中を動いた跡が砂上に盛りあがっているのを見た。

「撃つな」彼は部下たちに命じた。二台のＵＸＯが前に出てきて、砂の上にしゃがんだ。砂虫も前進を止めた。そして砂のなかから、昆虫のアリジゴクを思わせる巨大で奇怪な頭部をもたげた。どうやら砂虫も、穴を気にしているらしい。

「あいつら、なにをやるつもりなんだろう?」ライラがつぶやいた。

「知るもんか」ナセルが言った。

危険を承知で、ナセルは穴をのぞき込んだ。ロボットはシャベルを脇に置き、両手の指先で砂をていねいに払っていた。かなり昔に製造されたらしく、ロボットの体は錆《さ》びて傷だらけだった。慎重に動きつづける指先の下で、なにかが金色に光っていた。

「下がれ」二台のＵＸＯと砂虫に向かって、ハビブが叫んだ。「下がるんだ!」

「なにもしてないじゃないの」ライラがたしなめた。「ただじっとしているだけで」

ナセルも顔をあげて砂の上を見た。シナイ半島巨大砂蠕虫《さぜんちゅう》という正式名をもつ砂虫の大きな頭は、かれらのほぼ真上で静止しており、胴体も砂のなかでじっとしていた。各ＵＸＯもそれぞれの位置にとどまっていたが、かれらのカメラや眼球は、なにかを期待しているかのように穴に向けられていた。

「武器を片づけろ」抑えた声で、ナセルが命じた。この状態が長くつづくとは思えなかった。それはハビブとライラもよくわかっていたし、ＵＸＯたちも知っているはずだった。いずれにせよ、この均衡状態は破られねばならず、そうなったらＵＸＯは爆発し、砂虫は凄《すさ》まじい高熱を発するだろう。そして昔から言われているとおり、砂漠を吹き抜ける高温の烈風が逃げ遅れた生物の柔らかな皮膚と肉を、骨だけ残してすべて焼き尽くす。

「ハビブ、車に戻れ。戻るんだ」

穴の底ではロボットが掘りつづけていた。金色が再び煌《きら》めいた。砂のなかに半分埋もれているあれは腕だろうか？　その腕らしき物を、ロボットは慎重に引っぱった。ナセルは、金色の肩と胴体が現われるのを見た。

「かれらは、これが気に入らないのです」顔を上げることなくロボットが言った。まるで他人事のような口調だった。

「おまえのやってることも、気に入らないんじゃないのか？」ナセルが訊いた。

「それもあるでしょう」

「おまえ、本当はなにをやってるんだ？」ナセルは改めて質問した。

「なにをやってるように見えますか？」ロボットは反問した。「わたしは掘っているだけです」

片腕と胴体の半分、そして片方の脚が出てきた。掘り出した物を、ロボットは貴重品を扱うかのようにそっとかたわらに積んでいった。

「このままだと、爆発するぞ！」いちばん近くにいるUXOを見ながら、ハビブが言った。目が恐怖で見開かれていた。頑丈な小型戦車に似たそのUXOのキャタピラは、数世紀におよぶ砂上の移動で傷だらけだった。戦車型UXOは、探知されることなく数千キロを走破でき、一般市民の住宅街や軍事施設に入り込んでは自爆する。少なくとも戦争がつづいていた時代はそうだったと、ナセルはどこかで読んだことがあった。今も砂漠に隠れ棲《す》んでいるこの種の自爆ロボットは、当時からの生き残りであり、だから不発弾《UXO》と呼ばれていた。

「気をつけて！」ライラが言った。UXOは砲塔となっている頭部を左右に振ったが、それはあたかも、人間たちが交わす言葉を聞いているかのようだった。穴の底にいるロボットが、最後にもう一度だけ砂のなかに手を突っ込み、金色の頭部をつかみ出した。

「Hem i ded hemi kambakagen」ロボットが言った。
それが小惑星帯の混成語《アステロイド・ピジン》（巻末『用語集』参照）であることに、ナセルは気づいた。その言語を、彼も少しなら理解することができた。今ロボットが言ったのは、「死んだ者が還《かえ》ってくる」という意味だろう。

二台のＵＸＯが同時に動き出した。砂虫が大きな尻尾を一気にもちあげた。尻尾が現われた衝撃で、地面が激しく揺れた。ハビブが大声でわめいた。彼はライラからグレネード・ランチャーを引ったくると、擲弾《てきだん》を発射した。ランチャーの射線の先にいたＵＸＯは、小型ロボットの群体だった。擲弾が命中すると群体は一瞬で四散し、ひとつひとつの小型ロボットが空中で同時に爆発した。爆風と破片をまともに受け、ナセルは後方に飛ばされた。そしてそのまま、穴のなかに落下した。少し遅れて、ライラも彼の横に落ちてきた。

「ハビブ？」ナセルは怒鳴った。「ハビブ！」

「あなたたちに危害を加えるつもりなど、かれらにはありませんでした」穴掘りロボットが言った。「あなたたちは、ここに来るべきではなかった」

ナセルは眼に刺すような痛みを感じた。顔にも腕にも、小さな切り傷ができていた。彼は、ライラがよろめきながらも立ちあがるのを見た。

「ハビブ！」

「あの人は負傷しただけです」ロボットが言った。彼は自分が掘り出した物のかたわらに、ひざまずいていた。かつて金色のヒューマノイドだったと思われる、金色の手足。

「ここにいてください」穴掘りロボットが言った。「わたしがかれらと話をしてきます」

「話をする？　どうやって？」訊いたのはライラだった。

この質問をロボットは無視した。ロボットは次々に手がかりを見つけながら、穴の壁面をアリのようにすばやく登ってゆき、あっという間に穴の外に出た。外でなにが起きているか、ナセルからはまったく見えなかった。彼の世界は、砂に掘られた穴のなかに狭められていた。ライラが黄金の残骸の前に両膝をついた。

「やっぱりこれ、ただの古いロボットだ」

「触らないほうがいいぞ」ナセルが注意した。

地面がまた大きく揺れた。穴が崩れてくるのではないかと、ナセルは不安になった。ライラが自分のベルトに手を伸ばした。そして照明弾を一発、空に向けて打ちあげた。周囲が一気に明るく照らし出された。と同時に、砂虫の巨大な頭部が穴の上から降ってきて、すべてがまた闇に閉ざされた。

ナセルは、隣でライラがごそごそ動きはじめたのを感じた。彼女は懐中電灯を取り出し、スイッチを入れた。ふたりは同時に上を見た。砂虫の死んだ目玉が、かれらを見おろしていた。すると砂虫の頭部がばっくりと開き、そこからあの穴掘りロボットが這《は》い出てきた。真っぷたつに割れた砂虫の頭のあいだから、夜空が見えた。

「話をするんじゃなかったのか？」ナセルはロボットに訊いた。

「しましたよ」ロボットは答えた。「でも、聞いてくれませんでした」

かれらは、死んだ砂虫の体内を通って穴から出た。二台のＵＸＯが爆発した場所には、小さなクレーターができていた。砂虫の太く長い胴体が、完全に生気を失って砂の上にのびていた。砂の窪《くぼ》みにハビブが横たわっており、彼のまわりの砂が赤く染まっていた。ナセルは彼に駆けよった。

ハビブの体が動いた。彼は両目を開いた。

「なにが起きたんです？」

ナセルは、つらそうな顔で部下を見つめた。「わたしの判断ミスだ」

「たしかに」穴掘りロボットがうなずいた。彼は、金色の手足を穴から引きあげた。「わたしに診させてください」

ロボットはハビブの横に片膝をついた。

「動かないで」ロボットがてきぱきと作業をはじめた。彼は指をナイフに変形させ、そのナイフでハビブのシャツをきれいに切り開いた。即席の止血帯をつくって出血部位の上部をしばり、痛みに耐えかねてハビブが叫ぶと、今度は指先を注射器に変えてなにかの薬液をハビブの腕に注射した。その薬がなんであれ、ハビブはすぐに鎮静して眠りに落ち、呼吸も安定した。

ロボットは体をまっすぐ起こした。

「街まで乗せていってください」彼はナセルに頼んだ。「この人と一緒に」ハビブを指さす。

「おまえ、何者なんだ？」ナセルが訊いた。

「わたしはロボットです」穴掘りロボットは答えた。「人間に奉仕するため、作られました。だから遠い昔、今と同じことを人間たちにやっていました。砂虫や大海獣《リヴァイアサン》、怪鳥《ロック》に襲われた人、地雷を踏んだ人、獲物を追うハンターに狩られた人、夜の埋葬屋たちに狙われた人。あなたは戦争をまったく経験してませんよね？　きっと、どの戦争も名前すら知らないのでしょう。戦って殺すための機械を、人間はたくさん作りましたが、そんな機械たちも、結局は戦場で同種の機械と戦い、殺し合うだけで終わりました。この砂漠には、破壊と死が撒《ま》き散らされています。しかし機械にとって、死とはなにを意味するのでしょう？　わたしたちロボットは、死について考えることを好みません。わたしたちはロボットの行動規範に従い、奉仕するために生きています。そして今もまだ、奉仕しつづけています。とはいえ、なかには破壊と殺戮《さつりく》が巧《うま》すぎるロボットがいるし、頭がよすぎて戦闘を忌避したロボットもいる。かれらは、今も砂漠のあちこちに潜んでいて、その一部は、とっくに意味を失った戦争——戦争に意味があったとして——を、未《いま》だに戦いつづけています」

ナセルとライラは、ハビブを慎重にパトカーの後部座席に寝かせた。ふたりはそれぞれ前の席に座り、ロボットは発掘した金色のパーツを抱え、荷室にしゃがんだ。

「それはなんだ？」ナセルが質問した。「もとはなんだったんだ？」

「あなたには関係のないことです」

ナセルは、砂の上を猛スピードでネオムに帰っていった。

七　ムフタールの店

第三区のムハンマド・イブン・ムーサー・アル＝フワーリズミー通りにある『ムフタールの特選中古機器バザール』は、三階建ての質素な建物だった。この地区全体が、海浜やリゾート施設から遠く離れているため飾り気がなく、しかし管理はゆきとどいていた。真面目な商売人が真面目に商売する場所、それが第三区だった。涼しくて薄暗いコーヒー・ハウスは秘密の商談に最適であり、この地区で営まれているビジネスも、金融やホスティングサービス、データマイニング、重機レンタル、ドリフトや地球外への輸送ロジスティックス、およびそれらに伴う雑務など、派手さはないが必要不可欠のものばかりだった。

第三区にある企業のなかでも、特異さにおいて際立っていたのがムフタールのバザールだった。とはいえ、伝統を重んじる点ではムフタールも人後に落ちなかった。社屋はクローム合金とガラスの伝統的なデザインだし、遮蔽は万全で、足音を吸収する高価なペルシャ絨毯《じゅうたん》が敷いてあり、イスラエル製のエアコンを備えていた。ところがそのコレクションたるや、深圳《しんせん》を別にすれば世界でも類を見ないほどの充実ぶりで、にもかかわらず展示はごく控えめだった。彼のバザールのドアを入ってくる客は、売り手も買い手も実にさまざまであり、追い返されることはまずなかった。しかもその客ときたら、めったなことでは驚かないこの地区の住人たちが、バックギャモンのゲームやアバターを使った地球外との安全な会議（光速でも一・五時間の遅れが生じるタイタンや、四十三分遅れるイオ（木星第一衛星）との代理イメージによる打ち合わせ）から思わず顔をあげ、二度見してしまうほど異様なことが多かった。すなわち、四本の腕を外科的に移植された白髪混じりの火星の再生戦士（巻末『用語集』参照）とか、自走式バスタブに沈んだままの触腕《テンタクル》ジャンキー（巻末『用語集』参照）、あるいはウォッカやガソリンでぐでんぐでんに酔っぱらいながら、ガラクタが積まれた台車を押す年老いたロボトニックなどである。

もちろん、こういう人びとが来るのは避けがたいことなので、社長のムフタールは決して拒んだりせず、全員を迎え入れて紅茶でもてなした。そして訪ねて来た者たちは、俗世の重荷をおろしてちょっと身軽になったり、逆に今も流通している通貨の現物で少し重くなったりして、帰っていった。

こんな事情をマリアムがよく知っているのは、毎週火曜日と木曜日、彼女自身がムフタールの特選中古機器バザールで、受付として働いているからだ。この会社は一流の世界企業であり、一流の世界企業は古来の慣習に従うべきであるから、ムフタールは自社の事務所にマリアムという人間の受付を雇っていたし、この方針は第三区のビジネスの基準にも適合していた。

ネオムは金持ちのための街であり、金持ちは金持ちでいるために貧乏人を必要としたので、マリアムはここを含め、いくつかの仕事をかけ持ちせねばならなかった。当然彼女は、どんな仕事でも引き受けたのだが、ムフタールの仕事はかなりましなほうだった。

今日はムフタールも事務所にいて、機嫌がよさそうだった。彼はペルシャに古代から伝わるゾロアスター教の信者であり、通っている拝火《はいか》神殿の火はインドのウドヴァダにある寺院から直接運ばれ、一度も消えたことがないと言われていた。そして彼は、「懸命に働いて金を稼ぎ、儲《もう》けたあとは惜しみなく与えよ」というゾロアスター教の教義を、嬉々《きき》として実践していた。

「ちょっとこれ見てくれ」ムフタールがマリアムに言った。その掌《てのひら》には、プラスチック製の四角い小箱がのっていた。「パックマンだぞ」

「なんですか、パックマンって?」

「アタリのカートリッジのなかに入っているんだ」マリアムの質問を無視して、ムフタールはしゃべりつづけた。「さっそくヴァーチャル・オークションに出品したら、今の時点で火星から三人、金星のクラウドシティからふたり、そしてガニメデ（木星第三衛星）の将軍がひとり競りに参加している」

「仕入れ先は?」マリアムが質問を変えたのは、自分が扱っている商品とその入手元、さらにその商品をいくらで売ってどれだけ儲けたか語るのを、ムフタールがなにより好きなことを知っていたからだ。売る商品に格別の関心はないと言いながら、少なくとも彼は、客たちを騙《だま》して偽物をつかませるようなことはしなかった。古い物や役に立たないガラクタ、そして珍しい品に関し、ムフタールはたいへんなマニアだった。もちろん彼の同業者は、みな同じだったけれど。

「オマーンにある古い地下金庫室をほじくり返した小僧から、手に入れた。驚いたね。ふつうあの手の地下金庫には、盗掘屋に荒らされていなければの話だが、あらゆる種類のデジタル・ゴーストトを含むガラクタがびっしり詰まっている。でも、盗掘の被害はピラミッドより多いくらいだ。地下金庫を作った人たちは、巧妙に隠したつもりでいるし、だからなおのこと盗掘屋たちは、挑戦したくなるんだな。なにしろ、ひとつ発掘すれば儲けはでかい。まだ腐っておらず、中身が残っている地下金庫をひとつだけ見つければいいんだ。あの小僧は盗掘に成功したけれど、自分がなにを手に入れたか、わかっていなかった。それがこのパックマンというわけさ。まさに歴史の一部だね。とんでもない貴重品だよ」

だがこのとき、マリアムは監視カメラの映像を凝視していた。バザールの前の通りを、奇妙な風体の人物がひとり、カートを押しながらこっちに向かっていたからだ。しかも不思議なことに、彼女はその人物に見覚えがあった。

「お客さんが来たみたい」

「売り手か買い手か？」手にした物をまだしげしげと見ながら、ムフタールが訊いた。

「あの格好は売り手だと思う」

「けっこうだね。さっそくお茶の支度をしてくれ」

「その必要はないような気がする」画面から目を離さず、マリアムが言った。

「必要ないって？　なぜそんなことを言う？　どんな客にもお茶は出さなきゃ」

「だって相手はロボットですもの」

ドアベルが鳴った。危険物の有無をチェックする警備システムが、いきなり暴走しはじめた。ロボットはドアの前でおとなしく立っていた。

時代物のインターフォンのボタンを押し、マリアムが語りかけた。「もし武器を持っているのなら、ぜんぶそこに出してください」

ロボットはうなずいた。「それは難しいと思います」

マリアムは再度ボタンを押した。

「どうして？」

ロボットはまたうなずいた。

「わたし自身が武器だからです」

「おいおい、本物か？」ムフタールがつぶやいた。彼はヴァーチャル・スクリーンを呼び出し、スキャン結果を表示させた。「実に素晴らしい。完璧だ。製造年はいつごろ？　いや待て」彼はマリアムに向かってうなずき、マリアムはボタンを押した。

「あなた、どれくらい古いの？」マリアムが質問した。

ロボットはうなずいた。

「とても古いです」

「入れてさしあげろ」ムフタールが命じた。「お茶はわたしが用意する。わたしは必ずお茶を出すんだ」

マリアムは別のボタンを押した。ドアロックが解除された。

彼女は改めてインターフォンに向かい、「どうぞ」と言った。

ロボットがうなずいた。自分でドアを開き、カートを押しながら事務所内に入ってきた。立ち止まったロボットが、マリアムの顔をじっと見た。

マリアムも見返した。修理の跡や錆《さび》が目立っていたロボットの古い体は、塗料の一部が新たに砂で削られて金属の地がむき出しになっており、乾いた血のような汚れまで加わっていた。

「あなたのことは、よく憶《おぼ》えている」マリアムが言った。「わたしが花を売っていた市場《スーク》に、来てくれたのよね。五日ぐらいまえだったかな。わたしはあなたに、バラの花を一本あげた」

「そしてわたしは、お礼を言いました」ロボットが答えた。砂塵《さじん》のようにざらついた声だった。いかにも興味津々という様子で、彼女をまっすぐ見ている。

「あなたは、こういう場所でも働いているのですね」

「就ける仕事には、できるだけ就くようにしているの」

ロボットがうなずいた。「あなたにまた会えて、嬉しく思います」本当にそう思っているのか、自分でもわかっていないような口ぶりだった。

「わたしもよ。そういえばあなたの名前を、まだ聞いていなかった」

「わたしはもう、自分の名前を人に教えないのです」

「わたしマリアム」

「マリアム」さっきと同じ曖昧な語調で、ロボットがくり返した。「わかりました」

「それはなに?」マリアムはカートに積まれている物を指さした。そこにあったのは、金色に輝くばらばらにされた体のパーツだった。腕と足が二本ずつ、胴体がひとつ、そして頭。

「なんだと思いますか?」ロボットが訊き返した。

「ぜんぜんわからない。それだけは確かね。ところで、紅茶を出してもいい?」

「紅茶?　なぜわたしに紅茶を?」

「習慣だから。お客さまに対する礼儀なの」

ロボットはうなずいた。「そういうことなら、紅茶をいただきます」

ちょうどそのとき、ムフタールが事務所に戻ってきた。彼は、ティーセットとビスケットが載ったトレイを持っていた。ロボットの顔を見て、にっこり笑う。

「いらっしゃいませ。歓迎しますよ。あなたのように古いロボットを、このネオムで見る機会はめったにないものでね」

「わたしたちなどいないほうが、ネオムは幸せみたいですから」ロボットが言った。

ムフタールは、ちょっと首をかしげながら同意した。「かもしれません。ここの人たちは、古い物を好まない。常に新しい物ばかり追いかけている。古くならない物などないし、自分たちも老いて時代遅れになることを、忘れているんですな」

「そうですね」ロボットがうなずいた。

「お茶はいかがです？」ムフタールは持ってきたトレイを、ローテーブルの上に置いた。

「いただきます」ロボットは椅子に腰をおろした。ムフタールは彼の正面に座った。ロボットは紅茶を飲み、ビスケットを口にした。

「とても美味《おい》しいです」

「そうでしょう」ムフタールもビスケットをかじり、紅茶をにぎやかにすすったあと、咳《せき》ばらいをひとつした。「ところで、今日はなにかを売りにきたのですか？　それとも買いに？」

「たぶんその両方です」ロボットは答えた。「いや、どちらでもないかもしれない」

ムフタールは無言で、ロボットの次の言葉を待った。

「これがなにか、おわかりになりますか？」ロボットはカートの上の手足を指さした。

「拝見します」立ちあがりながらムフタールが言った。

「どうぞ」

金色の残骸を、ムフタールは手にとってじっくり調べた。

「ゴールデンマンだ」囁《ささや》くような小声だった。

「そのとおりです。ご存じなんですか？」

「伝説だろうと思っていた。現物を見たことなんか、もちろん一度もない」

「作られた台数が、ごく少数でしたからね。もしかすると、この一台だけかもしれない」

「なんですか、それ？」マリアムが訊いた。「というか、なんだったんです？」

「ロボットだよ」ムフタールが言った。

「それはわたしでもわかる」

「修理できるでしょうか？」

「修理する？　これがまだ動くと、思ってるんですか？」

「こちらでは、ちゃんと修理をしてから売るのでしょう？　修理すれば価値が上がる。少なくともわたしは、そう理解しています」

「しかし、わたしはただのディーラーだ」ムフタールは困惑していた。「いくらなんでもこれは……もしかして、あなた本気でこれを売りたいんですか？」彼は金色の手足から離れ、事務所のなかをうろうろしはじめた。

「だとすると、ちょっと厄介だ」ムフタールはつづけた。「ここでは、宗教的な遺物はあつかわないんです。やってはいけないことですから」

「これ、宗教的な遺物なんですか？」マリアムが訊いた。今や彼女は、すっかり混乱していた。

「いいえ、兵器です」ロボットが答えた。「でも、すでに危険はなくなっていると思います。もちろん断言はできません。とにかく、大昔の戦争のために作られた、とても古い物です」

「そういえば何日かまえの晩、砂漠で騒ぎがあったという話を聞いたな」ムフタールがつぶやいた。「たしか警察《シュルタ》のパトカーが、野生化した機械類に襲われたんだ」

「かれらは、近づいてはいけなかったのです」ロボットが弁解した。「わたしのせいではありません」

「もしかして、あなたが砂漠からこれを掘り出したんですか？」

「そうです。そしてこれが……近くで眠っていた野生の機械たちを、目覚めさせてしまった。あの砂漠には、かつての戦闘用機械がたくさん眠っています。かれらの記憶は、消えることがない。かれらがこれを殺すために目覚めたのか、それともこれに呼ばれたのか、わたしにはわかりません。わたしの目にも、これが生きているようには見えないからです。とはいえ、なにをやっても死なない物は、たしかに存在しているし……」

「ゾロアスター（巻末『用語集』参照）も生きていたのは数千年まえですが、彼の教えは、今もわたしとわたしの一族のなかに脈うってますよ」ムフタールが言った。「真理を殺すことは、誰にもできませんからね」

「でも兵器として考えた場合、これは失敗作でした」

「修理できるかどうか、いちおう問い合わせてみましょう」ムフタールの口ぶりから、決して乗り気でないことがマリアムにはわかった。「しかし、新たにロボットを作った技術者なんか、もう何世紀も現われていません。おまけにこれは……タブーだと言う人までいる」

「これはただの機械です」ロボットが強調した。「だからぜひ、修理していただきたい」

「売るために？」ムフタールが訊いた。

「いいえ」

マリアムはふたりを見比べた。ムフタールは本気で困っていたが、その理由が彼女にはよくわからなかった。そしてロボットのほうは、言葉づかいこそていねいだが、一歩も譲らない強い決意を秘めているように見えた。あたかもこれだけのために、長い旅をしてきたかのようだった。

マリアムは、このロボットに進呈したダマスクローズのことを考えた。たぶん彼は、あの花を市の境界から遠く離れた砂漠まで持っていったのだろう。

「ということは、あなたが修理代を払うんですか？」ムフタールがロボットに訊いた。「もしそうなら、かなり高くつきますよ」

「わたしは、あまり金を持っていません」

「なにか売れそうな物をお持ちなら、代価はそれでもかまいませんが」

ロボットは少し考えた。

「では、わたしに値をつけてもらえますか？」

「つまり、あなたを査定しろと？」ムフタールが訊き返した。

「そうです」

「ほんとにいいんですね？」念を押す。

「どうぞ」

ムフタールは体にノードを埋めていなかった。彼はヘッドギアとゴーグルを装着し、ロボットの内部をスキャンしはじめた。

ゴーグルをつけたまま、彼が言った。「あなた自身が武器だという先ほどの話に、誇張はなかったらしい。もしあなたが爆発したら、この街の半分が壊滅するでしょう。なぜご自身を無力化しなかったんです？」

「その必要を感じなかったからです」ロボットは答えた。

「タイタンで、プログラム全体をアップグレードしてますね」ムフタールが指摘した。

「はい」

「そして左脚は、オリジナルではない。よくできたレプリカだ。ケレス（火星と木星のあいだに存在する準惑星）製かな？」

「よくわかりますね」ロボットが感心した。

「この左脚は戦争で失ったんですか？」

「戦争で失ったものは、ほかにもたくさんあります」

「機能拡張もいくつか実装している」ムフタールがつづける。「このファームウェアは初めて見ました。新種の閉塞《オクルージョン》プロトコルだ。どうやら、禁制技術《ワイルドテック》（巻末『用語集』参照）らしい。ひょっとしてあなた、最終投棄場《ジェティスンド》（巻末『用語集』参照）まで行ってませんか？」

マリアムは感嘆の眼差《まなざ》しでロボットを見た。ネオムには、人類が植民したすべての土地から人びとがやって来るけれど、海王星の衛星トリトンにある最果ての無法地帯、ジェティスンドへ行ったことのある人を、彼女はひとりも知らなかった。ジェティスンドに向かった人間が地球に帰ってくることなど、まずなかったからだ。

「仕事であちこち行きましたからね」ロボットが曖昧に答えた。「それにわたしは、長旅が少しも苦にならない」

「その仕事というのは？」鋭い口調だった。

「わたしはロボットです。だから、人間の役に立つことをやる必要がありました」

「あなたのスキルは、汎用性に欠けているようですが」

「しかし役に立ちます」

「たとえば人を殺すのに？」

「ロボットは人間に危害を加えてはならず、ロボットの不作為で人間が傷つくようなことも避けねばならない――このロボットの行動規範に、わたしはできるだけ従おうとしています。もちろんこの規範は、理想を説いた概念にすぎないし、いくらわたしが理想を追いたくとも、現実の世界を生きる必要がありました」

「単純な質問に対する答としては、ずいぶん回りくどいですな」

ロボットがため息をついた。「殺したのは、報酬が与えられたときだけです」再びムフタールをまっすぐ見る。「それで、いくらぐらいになりますか？」

「あなたの価値が？　そうですね、オリジナルのパーツが、いくつかなくなっています。内部構造はたび重なるアップデートで、手の施しようがないほどぐちゃぐちゃだ。そして率直に言わせてもらえば、全体的な状態は決してよろしくない」

「それは自分でも気づいていました」

「意思をもつロボットを売買することが、厳密に言えば違法であるのは言うまでもありません。ネオムのような街でも、それは同じです」

「しかし、わたしたちは本当に意思をもっているのでしょうか？　そんなふりをするのが、うまいだけではないですか？」

「ずいぶん哲学的なことをおっしゃいますな」ムフタールは肩をすくめた。「マニアックなコレクターにとっては、それなりの価値があるでしょう。かれらはいい値をつけるはずです。分解してパーツにすれば、もっと高く売れる。そちらをお望みですか？」

「悩ましいところですね。自分のパーツを、わたしは必要としています。だから、すぐに決めることはできません」

「であるなら、あとはこの金色の残骸を、どうするかです。これって、あなたにとってよほど大切なものなんですか？」

「昔は大切でした。今もそれは、変わってないかもしれません」

ムフタールはうなずいた。「これをちょっとお預かりしてもいいでしょうか？　もっとよく調べてみたいんです。いい技術屋をひとり知ってましてね。もしかすると、彼女なら修理できるかもしれない」

「ではそうしてください」ロボットが言った。「お願いします」

「修理できたとしても、やっぱり売らないんですよね？」残念そうな顔で、ムフタールが訊いた。

「売りません」ロボットはこう言いきると、立ちあがった。「お時間をいただき、ありがとうございました」

「どういたしまして」

つづいてロボットは、マリアムに向きなおった。「あなたにまた会えて、嬉しかったです」

「わたしも」

「では失礼します」

ロボットが事務所を出ていった。マリアムは自分が息を止めていたことに気づき、ふうと嘆息した。

「あれって、本当に殺人ロボットなんですか?」彼女はムフタールに訊いた。

「そうだよ」

「ロボットは、もっと平和的なものだと思ってた」

「かれらはみな、人間の必要に応じて作られているのさ。なんにせよ、戦争遺物に対しては根強い需要がある。だから未《いま》だに、砂漠に行って不発弾《UXO》を捕まえようとするやつらが、年に何人か現われるんだ。それにしても……まさかゴールデンマンが出てくるとは思わなかったな。その存在すら疑問視されていたのに」

　マリアムは、カートに載ったままの金色に輝くボディパーツを見た。

「このロボット、なぜこんなことになったのかしら」彼女はつぶやいた。

八　最高の技術屋

　実はムフタールも、マリアムと同じ疑問を感じていた。

　ネオムの郊外、無数の温室によって形成された帯状の緑地が非情の砂漠へと変わってゆく境界上に、簡易住宅やプレハブ倉庫が小惑星群のように集中している一角があり、みずからの疑問を抱えてムフタールが向かったのは、そのなかの一軒だった。

　彼が訪ねていった女性は、暑さをものともせず戸外で忙しく働いていた。青いオーバーオールを着た彼女のまわりには、ビンテージ・バイクやディーゼル・エンジン車のパーツがごろごろしており、ムフタールは、かつてこの半島が石油資源だけで世界に知られていたことを思い出し、苦々しい気持ちになった。石油の時代がこの惑星に与えた悪影響は、未《いま》だに予測不能な大暴風雨として発現していたし、この近辺を含めようやく再緑地化が緒《しょ》についた地域も、世界のあちこちに残っていた。ムフタール自身、あの時代に傷つけられた遺伝子のせいで先天的な呼吸器疾患があり、健康を維持するためには、ナノスチームを定期的に吸入して呼吸補助装置を作動させる必要があった。とはいえ、これを障害とは特に感じていなかったし、改めて思い出すこともほとんどなかった。それでもなお、こういう修理工場に来ると、厭《いや》でも意識してしまうのだ。

「サラーム・アライクム《ごきげんいかがですか》、シャリフ」彼は青いオーバーオールの女性に呼びかけた。

シャリフがふり返り、ムフタールに気づいて小さく手を振った。「ワ・アライクム・サラーム、ムフタール。ちょっと待ってて。すぐすむから」

「わかった」

ムフタールは手近な石の上に腰をおろし、彼女の仕事ぶりを眺めた。その動きには、ベテラン修理工の静かな自信が感じられた。ムフタールが見たこともないようなパーツを、シャリフは次次と手にとった。重さを量り、少し考え、ぽいと捨てては別のものを拾っているうち、ばらばらだった鉄屑《てつくず》がいつの間にかひとつにまとまりはじめ、最後はいかにもパワーのありそうな機械が砂の上に立っていた。

「なにを作った？」ムフタールが訊いた。

シャリフは肩をすくめた。「自動掘削機かな」

「知らずに組んでいたのか？」

「なにができるかは、パーツが決めてくれる」

「そういうパーツ、どこから入手してる?」

「主にごみ拾い屋《ザッバリーン》から」

シャリフは両手を布きれで拭きながら、ムフタールに近づいてきた。

「コーヒーは?」

「いいね」

彼女はコーヒーを準備するため、少し離れたテーブルに向かった。コーヒーが入るとトレイに載せ、ムフタールの前まで運んできた。ムフタールはありがたくご馳走《ちそう》になった。ふたりは椅子に座り、コーヒーを飲んだ。ムフタールは額の汗をぬぐった。屋外はとても暑かったからだ。しかしそんな彼を見ても、シャリフは知らん顔をしていた。あまり遠くないところで巨大なタービンが回転しており、砂をフィルターする壁が陽光に煌《きら》めいた。

「パーツといえば」ムフタールが言った。「見てもらいたいものがある」

「へえ。なんだろ」

ムフタールは紙の束を取り出した。彼は、自分を取り囲む巨大で不可視の仮想空間にすべてを委ねてしまうことが、どうしても好きになれなかった。もちろん、ビジネスとなれば話は別である。しかし今回、彼がシャリフに見せたのは、彼が自分の手で紙に描いた図面だった。

「あなたはいつだって、変なものばかり持ってくるから……」シャリフがつぶやいた。しかし、すぐに彼女は図面に没入した。ムフタールは、ふたつのカップにコーヒーを注《つ》ぎ足した。

「これって、仮定の話よね?」シャリフがようやく口を開いた。彼女は顔をあげてムフタールを見たが、その目には当惑の色が浮かんでいた。

「違うよ」ムフタールが答えた。

「あなた、これを実際に見たの？　あなた自身の目で？」

「その図面のパーツは、今ぜんぶうちの倉庫にある」

シャリフは首を振った。

「この仕事は割に合わない」

「どうして？」

「まず第一に、ゴールデンマンは存在しないことになってる」

「でも現に存在している」

シャリフは改めて図面をじっくり見た。「本当にそうかしら」

「どういう意味だ？」

「動くの？」

「いいや」

「偽物かもしれない」彼女は図面からムフタールに視線を戻した。

「それはわたしも考えた。しかし偽物だとしても、ここまでよくできていれば価値はある」

「なぜわたしのところに持ってきた？」

「ほかに誰を頼ればいい？　君が最高の技術屋であることを、知らないやつはいないだろ」

シャリフは彼の顔を見つめた。

「……それは本当ね」

「だからわたしは思ったんだ」ほとんど申しわけなさそうな調子で、ムフタールがつづけた。

「君ならこれを、復活させることができるんじゃないかと」

「復活させる？」シャリフが顔をしかめた。「組み立てることはできる。もしそれが、あなたの注文であるならね。当然あなたは、最深部までスキャンしたんでしょう？」

「もちろん。でもその結果は、わたしには理解できないものだった」

「でしょうね。これって、禁制技術《ワイルドテック》の産物だもの。もしこれが本物で、使われている黒呪術《ナカイマ》が死んでいないのなら、復活させることはできる。両腕と両足、胴体に頭。ほとんどのパーツが、そろってるみたいだし」

「ああ、ちゃんとそろってるよ」

「こんな物、どこで見つけたの？」

「旧型の変なロボットが、砂漠のどこかから掘り出して持ってきたんだ」

「それをあなたは信じてしまったわけ？」

「そのロボットの話を？　いや、あれは信用できるタイプではなかった」ムフタールは首を振った。「わたしの目に狂いがなければ、あれはかなり昔の戦中に作られた暗殺用ロボットだ。なのに、これをもう一度動かしたいという思いは、本物のようだった」

「これを普通の機械と同じに考えるのは、やめたほうがいい」

「ということは、やっぱりまだ生きているのか？　意思が残っているんだろうか？」

シャリフはコーヒーをひとくち飲み、考えこんだ。「正直いって、これが本当にあのロボットなのか、わたしにも判断できない。ときどき囁《ささや》かれる噂を、聞いたことがあるだけだもの。ゴールデンマン。危険な兵器。あるいは一個の芸術作品。ニュー・プントの話は憶《おぼ》えてる？　そう、メッカとメディナのあいだに存在していた自由港。石油の時代が終わり、火星の軌道上で移住用大宇宙船が建造されはじめるまえの一時期、黄金の街として栄えていたのがニュー・プントだった」

「その点は、古《いにしえ》のプント国（紀元前二十五世紀ごろから、金や象牙をエジプトに輸出していたが、交易は紀元前十二世紀に途絶え、以後は伝説の国となった）と同じだな」

「そういうこと。そしてプント国と同じく、ニュー・プントの街も消えてしまった。今では歴史からも消されている。現在、あの街があった一帯はただ砂漠が広がっているだけ。たくさんの人が暮らし、交易を行なっていたのに、一片のゴーストすら残らなかった」

ムフタールは額の汗を拭ったのだが、実のところ背筋が冷たくなっていた。ニュー・プントもまた、ひとつの伝説だった。あの街がどれほど栄えていたか、ムフタールに語ってくれたのは彼の祖父だった。ニュー・プントは、ほかの諸都市から恨みを買うほど強大な都市に成長した。やがて戦争がはじまった。ニュー・プントは頑強にもちこたえたのだが、それもある晩、謎の影がやって来るまでだった。朝を迎えたとき、ニュー・プントの街は、最初から存在していなかったかのように消滅していた。

「その謎の影が、これだって言うのか？」ムフタールが訊いた。

「かもしれない」

「しかし、すべては単なる言い伝えだ」

「そのとおり」シャリフは肩をすくめた。「むしろ作り話である可能性のほうが高い。だけど作り話だとしても、よくできている。どっちにしろ、今となっては検証のしようもない。この図面のロボットも、現在の状態ではまったく価値がないし」

「なぜ？」

「心臓部を欠いているからよ」

「動力源がないってことか？」

シャリフはうなずいた。「きっと、ばらばらにして砂漠に埋めるとき、抜き取ったんだと思う。

つまり、これを安全に処分するにはどうすればいいか、知ってる人がいたのね。その人は、たとえこれが本物のゴールデンマンではなかったとしても、あえて万全を期した。新品同様に組み立てるだけなら、わたしも簡単にできる。だけど心臓がなければ、これはただの金色のマネキンでしかない」

「それでもいい」ムフタールは言った。「組み立ててくれ。修理代はいつもの倍払う」

「そういうことなら、やってみるけど……」

「ところで、これはなにを動力源にしてる？　代替品はあるんだろ？」

シャリフは首を横に振った。「わたしが聞いた話では、静電磁場に封じ込めたミニチュアのブラックホールが、動力源なんですって」ひどくバカげた冗談を口にしたかのように、シャリフが苦笑した。「そんなもの、あなた手に入れられる？」

「中身がブラックホールなのか？」

「そういうことになってる」

「もしその話が本当なら、常軌を逸しているにもほどがあるな。エキゾチック物質が使われた兵器をもてあそぶなんて、正気の沙汰じゃないし、そんなことができるのは――」

その言葉を、ムフタールは口にしたくなかった。

「テラー・アーティストぐらい？」代わりにシャリフが言ってくれた。「かれらだって、子供を怖がらせるための伝説的存在であることに、変わりはないけどね」

「そうは言っても、テラー・アーティストが残した遺物に対しては、今でもかなりの需要があるぞ」

「あなた、そんな物まで扱ってるの？」とがめるような語調だった。

「たまにだよ。そんなに多くない。扱うとしても、無力化されたものだけだ。だいたい、市場に出ることがほとんどないし」

「でも、その種の兵器を完全に無力化するのは、不可能だと言われている。それ以前に、大量殺人を目的とした作品を、どうやれば安全に処理できると思う？」

「テラー・アーティストたちは、必ずしも大量殺人だけを目的としたわけじゃない」ムフタールは反論した。「マッド・ラッカーはタイタンにバッパーズを植えつけたが、あれなんか無害な生命体だ」

「あなたが知るかぎりではそうでしょうよ。だけど、マッド・ラッカーがバッパーズで最終的になにを狙ったかなんて、誰にわかる？　テラー・アーティストどもは、庭師が樹木を植えるように破壊の種を播《ま》いた。かれらは将来を予測しながら、作品を残した。人間は、自分ではなく子孫のためにオリーブの樹を植える。かれらは同じことを、死と破壊で実行した」

　暑かったし、ふたりはコーヒーを飲みほしていた。ムフタールはこの会話に、居心地の悪さを感じはじめていた。むろん彼は、シャリフの話をちゃんと聞いていた。しかし心のなかでは、動くゴールデンマンを見てみたい、ゴールデンマンがなにをやったか知りたいと切望していた。恐怖と好奇心は表裏一体であり、だからこそ人びとは、今もサンドヴァルの『アースライズ』に見とれたり、ジャカルタ事件でロヒニが爆発させた時間を凍結する爆弾の話に、震えあがったりするのだ。

「誰が作った？」ムフタールが訊いた。

「なにを？」

「ゴールデンマンだよ。あれも……特定のアーティストの作品なんだろ？」

ムフタールは、かれらをアーティストとは呼びたくなかった。死と大量殺戮《さつりく》を芸術と認めることは、死者と生者の両方を冒瀆《ぼうとく》する詐欺のように思えたからだ。真理を追究するのが芸術家だと、ムフタールは考えていた。テラー・アーティストがやったのは、混沌《こんとん》の種をばらまくことだけだった。そしてかれらのアートは、世界を汚染した。

にもかかわらず、かれらの作品に秘められた恐怖の美学を、ムフタールは否定することができなかった。

「ナスという名の女性アーティストが、あれの作者だと言われている」シャリフが答えた。

九　占い師

移動隊商宿《グリーン・キャラバンサライ》がアル・クセイルの街に到着したのは、午後も遅くなったころだった。太陽は西に低く傾き、紅海を航行するたくさんの船の影が、あるものは短く、あるものは長く海面に映っていた。

海が見えてくるとゾウは高らかに吠《ほ》え、ヤギもさかんに鳴き、子供たちは笑いながら駆けまわった。

キャラバンサライを囲む数本の巨大ロボット柱塔《ハーン》は、街の境界線の手前でそれぞれの位置を再調整したあと、隊商団《キャラバン》全体を停止させた。柱塔のひとつからサレハとイライアスが下りてきて、砂ぼこりが舞う土の上に立った。

「あの街に行ってみたい」サレハが言った。

「俺たちは、あの街に行ってはいけないことになってる」イライアスが答えた。

サレハは肩をすくめた。「じゃあ君は、来なければいい」

イライアスはむっとしたようだった。

「アル・クセイルは、古い街なんだ」彼はサレハに説明した。「ものすごく古い。ファラオが征服したころには、すでに古い街だった。プントに向かう遠征隊が出発したのも、あの街からだ」

「プント？」

「黄金の王国さ。でも、とっくの昔に失われた」

サレハは、失われたものの大きさについて考えてみた。そして、ダハブで時間膨張爆弾に呑み込まれ、今も死につづけている父親のことを思った。

永遠に死ぬことができない父親。手の届かないところに去ってしまった家族。

もう涙が涸《か》れるまで泣きつくした。サレハは、そう自分に言い聞かせようとした。

自分が持っているただひとつの貴重品を売り飛ばし、すべてを終わりにしたかった。再出発するために。

新しい自分に生まれ変わるために。

サレハの表情から彼の意図を読み取り、イライアスが言った。「あれの買い手をクセイルで見つけるのは、難しいぞ」

「なぜ？」

「あそこは、別の目的地へ買い付けに向かう商人たちが、途中で立ち寄る街なんだ」少しためらったあと、イライアスはこう言い添えた。「そういう連中が、闇の商品を売っていく街でもある」

「ますます行く理由があるじゃないか。君はどうする？　やっぱり行かない？」

「アル・クセイルに、おまえひとりを行かせるわけにはいかない。喰《く》いものにされるのがおちだ。だからつきあってやるよ」

「ぼくだって、大きな街に行ったことぐらいあるぞ」

「もちろんそうだろうとも」イライアスが優しく言った。

かれらは大通りを横断した。ふたりの少年の姿を街が呑み込んでしまうまで、さほど時間はかからなかった。曲がりくねった細い路地が、何本も延びていた。頭上を横切るロープには、洗濯物が吊《つ》るされていた。ある家のドアの前で、ネコがあくびをした。ファラフェルの屋台で立ち止まったふたりは、買った一個を二等分して食べたあと浜辺まで下りてゆき、サレハは目の前に広がる海を眺めた。

すでに陽《ひ》は沈みかけていた。上空をゆっくり移動してゆく飛行船は、カイロからメッカへ向かっているのでなければ、ジブチを発《た》ってアカバかエイラトへ帰ってゆくのだろう。ずっと沖合に、海に浮かんでいるかのように見える島が三つあった。さらにその先、海を越えたところには陸地があり、その陸地にサレハは、山々の輪郭と、海岸線に沿って煌《きら》めく光の帯を見たような気がした。

「あの光は？」サレハはイライアスに訊いた。

「ネオム」とイライアスが答え、いきなり聞かされたその地名の響きに、サレハは言葉を失うほどの強いあこがれを感じた。

ふたりは海沿いの道をぶらぶらと歩いていった。暮れ方のアル・クセイルは、奇妙なほどひっそりしていたのだが、これが普通なのかもしれなかった。薄闇に包まれたころ、敬虔《けいけん》なムスリムに祈りの時間を知らせる雑音だらけの朗誦《ろうしょう》が、モスクからやかましく流れてきた。港を通り抜けると、道の両側が急ににぎやかになった。古い石壁にいくつも開けられた戸口の上でネオンが明るく輝き、石壁の反対側では食べ物が炭火でじかに焼かれ、金属製のバーベキューコンロからもうもうと煙があがっていた。

この路地では、慣れ親しんだアラビア語と中国語に小惑星帯《アステロイド》のマレー語が混じり、たまにロシア語も聞こえてきた。道ばたに座る人びとの顔は、みな影に隠れていた。かれらは小声でひそひそ話しながら、コーヒーを飲んでいた。サレハとイライアスは路地を奥へ奥へと進んでゆき、やがて広々とした青空市場に出た。イライアスは数人から声をかけられ、そのつどていねいに挨拶を返した。この市場では、誰もがグリーン・キャラバンサライをよく知っているようだった。

またしてもサレハは、彼の理解を超えた場所で途方に暮れていた。この街は、幽霊海岸《ゴースト・コースト》とはまったく違っていた。大きな水槽を備えたバーがあり、水槽のなかでは触腕《テンタクル》ジャンキーたちがサレハをじっと見つめながら、水中を伝わってくる音楽に合わせ吸盤がついた腕を揺らしていた。

「ドリフト阿片《タール》、欲しくないか?」物陰から声が聞こえてきた。見ると、ひどく小柄で背中の曲がった男だった。

「俺たち、タールはやらないんです」イライアスが丁重に断った。

サレハとイライアスは、古い銃だけをずらっと並べた陳列台の前を通り過ぎた。年老いた男たちが低い椅子に座り、大昔のスクリーンでラクダのレースを観《み》ていた。街全体がとても古く、廃墟《はいきょ》になりかけているように感じられた。サレハの目に映るアル・クセイルの街は、転覆しそうなほど傾いてるのに、まだ沈もうとしない塩で作られた船のようだった。

青空市場からつづく通りでは、生物由来の骨董品《こっとうひん》を売っており、こちらのほうがサレハには馴《な》染《じ》み深かった。彼が立ち止まって眺めた品物のなかには、死んだ大海獣《リヴァイアサン》の脂肪が硬化し、琥珀《こはく》状になった物があった。この物体は非常に硬いため、カットするのは不可能に近かった。怪鳥《ロック》のタマゴもあった。二個並んだタマゴを、サレハはじっくり観察した。

「こっちは偽物だな」思わずこう言ってしまい、彼は笑いそうになった。本物のタマゴが手に入らないとき、アブ＝アラの一族は躊躇《ちゅうちょ》なく偽造する。ロックからタマゴをかすめ取るのは、ただの危険な仕事にすぎない。しかし優れた偽物の製作は、それ自体が立派な技芸だ。

「このガキ、誰に頼まれた?」ロックのタマゴを売っていた男が血相を変えた。

イライアスはサレハの手をつかむと、騒ぎが起きるまえにその場から逃げ出した。

ふたりは焼きたてのコフタ（中近東などで食される肉団子）を買い、まだ熱いうちに手づかみで食べた。次にかれらが入っていったのは、占い師が集まっている一角だった。路傍に老いさらばえたロボトニックが座り、物乞いをしていた。彼の前に置かれたお椀《わん》のなかには、小さなスペアパーツがあふれんばかりに入っていた。顔をあげてサレハを見たロボトニックは、しかしすぐに目をそらした。

「わかっていると思うが、おまえは、無理に俺たちと一緒にいなくてもいいんだ」イライアスが言った。

友であるイライアスにこう指摘されると、サレハは恥ずかしさを感じずにいられなかった。

「キャラバンでの生活に、誰もがなじめるわけじゃない」イライアスはつづけた。「なじめない人のほうが、ずっと多いだろう。だからおまえも、俺たちと一緒にバーレーンまで行く必要はない。おまえをキャラバンにつなぎ止めるものなんか、なにもないんだからな」

イライアスがうつむいた。彼は、サレハと目を合わせようとしなかった。

「ごめんよ、イライアス」サレハは詫《わ》びた。「なにをやりたいのか、自分でもわからないんだ」

「それはおまえが、まだ悲しんでいるからさ」

サレハは手を伸ばし、年長の少年の手を握った。

「ぼくにわかっているのは、ぼくの居場所はあそこではない、ということだけだ」沈痛な声だった。「そしてぼくの居場所は、もうなくなってしまった」

「俺はあのキャラバンで生まれた。そして俺は、自分の意志であそこにとどまっている。キャラバンが俺の家であり、人生であり、家族なんだ」

サレハはうなずいた。言葉に出さずとも、ふたりが同じ結論に達しているのは明らかだった。サレハがイライアスと一緒にあのキャラバンへ戻ることは、もう二度とない。

「君と別れるのはつらいな」サレハが言った。

「俺もだ」

立ったまま抱き合うかれらを、すぐ近くの戸口からひとりの女が見ていた。修道僧のような長い服を着て、顔を頭巾《ずきん》で隠している女だった。女の頭の上で、『運勢判断』と書かれたネオンが光っていた。

「あんたたち、自分の未来を知りたくないか?」その女が話しかけてきた。サレハとイライアスは、さっと体を離した。サレハはうさん臭そうな目で女を見た。

「俺の未来は、俺がいちばんよく知ってる」イライアスが言った。

「自分の未来を知ってる人なんか、どこにもいやしないよ」占い師は言い返した。

「それならあんたは、どうやって知るんだ?」イライアスが訊いた。「もちろん、バカにしてるわけじゃないよ」

「それくらいわかってるさ、イライアス」女は彼を名前で呼んだ。

サレハは苦笑した。彼のおばも占いをやっていたから、この種のトリックは熟知しているのだ。

「ぼくたちの話を、聞いてたんだね？」

「聞いてなかったとは、ひとことも言ってないだろ。とにかく入りな。未来はぼんやりしているけど、過去をふり返ることで、今後どんな流れや渦巻きがあるか見えてくるんだ。占いの代金は、あんたたちが置いていける物を置いていけばいい」

「置いていける物って、たとえば？」イライアスが訊いた。

暗がりから、一匹のジャッカルがかれらを見ていた。爛々《らんらん》と光るふたつの眼に、サレハは気づいた。ジャッカルは彼に向かってにやりと笑い、警告するかのように首を横に振った。イライアスの質問に、占い師は答えなかった。彼女はドアの奥に消えていった。サレハは躊躇したものの、占ってもらうだけなら危険があるとも思えず、なにより好奇心には勝てなかった。占い師のあとから彼もなかに入り、最後にイライアスがつづいた。

室内は暗く、天井が低かった。お香が焚《た》かれており、甘ったるい匂いがこもっていた。家具や調度品はどれも奇妙だった。細長い粗末なテーブルの上に、機械部品が山積みになっていた。ほかにもロボットの頭部やＤＮＡシーケンサー、割れているロックのタマゴ、人工子宮と保育器、ドライバーと溶接機などが転がっており、真っ黒いミニチュアのモノリスは、見つめていると頭が痛くなった。占い部屋というより、なにかの作業場みたいだった。

お香の匂いに眠気を誘われたサレハは、一点を見つめるのも難しくなってきた。占い師は、粘り気のある液体で満たされた金属製のボウルが置いてある別のテーブルの前に、ふたりの少年を案内した。

サレハはイライアスの手を握りながら、ボウルをのぞき込んだ。なかの液体を、占い師が指で掻《か》きまわしはじめた。

さまざまな模様が表われた。

「この水は、最終投棄場《ジェティスンド》でしか蒸留できない」声を低く抑えながら、歌うような調子で占い師が言った。「蓋然性《がいぜんせい》が浮かびあがってくるこの水を、遠宇宙《アウター・システム》（巻末『用語集』参照）から一オンス運んでくるだけで、王さまも貧乏人に落ちぶれるほどの金がかかるのさ」占い師は喉を鳴らしてくっくと笑った。サレハは、水面に表われる模様を凝視した。

「この水の一滴一滴に、量子プロセッサーがびっしり詰まっている」占い師はつづけた。「そこからにじみ出るものが、あんたに見せてくれるのは……あんたの未来であり、可能性とチャンスであり、宿命なんだ。ほら、まぶたがだんだん重くなる。ゆったりとくつろいだ気分になってくる。もうわたしの声しか聞こえない……わたしが三つ数えると、あんたは眠ってしまう。一、二、三」

サレハはにやにやしていた。なんだこれだけか、と思ったからだ。催眠術師のお決まりの手順。それ以外のなにものでもない。自分にはまったく効いてないことを確かめ、彼は満足した。それらしい小道具を使った古風な催眠術。サレハはすっかり安心し、特になにをするでもなくその場に立ちつづけた。

「よしよし、いい感じだ」占い師がぽつりと言った。彼女が再び液体を掻きまわすと、サレハの眼のなかに大量の映像が一気に飛び込んできた。

彼はバッパーとなり、紫色に渦巻くタイタンの空の下で、地面を跳ねたり這《は》いずったりした。つづいて彼は、木星が昇ってくる宇宙空間を、トリファラ王戦争（巻末『用語集』参照）に参加した自爆兵器のひとつとなって漂いながら、おかしな形の宇宙船が通過してゆくのを眺めた。それから彗星《すいせい》に姿を変え、奇妙な住民が住む天王星のふたつの月、オベロンとチタニアを燃えながらかすめ飛んだ。そのままさらに飛びつづけ、太陽が冷たい光を放つ小さな点と化している宇宙の果てに到達し、オールトの雲の闇のなかで、絶対にあり得ない物を見たような気がした。この世界と同じくらい巨大な存在が、黒い物質でできた脈うつ蔓《つる》状の腕を、宇宙の彼方《かなた》まで無数に伸ばしていたのだ。その腕に自分の存在を気づかれたと思い、サレハは急いで逃げようとしたのだが、完全に迷ってしまい……

「はい、これでおしまい」占い師が唐突に言った。「もう終わりかなんて思わないでほしい。わたしはいつだって、仕事は最後までやり通すんだ」彼女はテーブルから離れ、頭巾を取った。サレハは朦朧《もうろう》としながら、オールトの雲のなかの黒い存在と占い師を交互に見たのだが、頭巾を取っているにもかかわらず、彼女の顔はなぜかサレハから隠されていた。

「心配しなくていいよ」サレハの心がわかるかのように、占い師が言った。「どうせあんたは、今日見たことを憶《おぼ》えていないんだから」彼女はサレハが持ってきた袋に手を伸ばすと、なかを探りはじめたのだが、サレハは彼が所有する唯一の貴重品をつかみ出されてもなお、占い師を止められなかった。その貴重品を、占い師は興味深そうに眺めた。

「ダハブか」占い師がつぶやいた。「あそこでなにがあったか、わたしはすっかり忘れていた」

サレハは彼女に教えてやりたくなった。あの爆発について。ゆっくり膨らむ時間の泡のなかに、今も閉じ込められている父親について。今は悲しみと解放感を、同時に感じていることについて。罪悪感と安堵《あんど》が、胸のなかで入り混じっていることについて。そして自分が行ってみたい星、やってみたいことを、彼女に聞いてもらいたかった。

「しっ」占い師が言った。「そんな大声で考えたら、ごちゃ混ぜになってしまうじゃないか。誰だって心のなかに、なにかしら疚《やま》しさを抱えているんだ。そして誰もが、自由になりたいと思ってる。まだ若いのに、そういうくだらないことは考えないほうがいい。受け入れて成長するか、内側から食い尽くされるかのどちらかしかないんだ。まあ普通は、あとのほうだけどね。普通の人は、たいていそうなってしまう。それはさておき、これはなんだったっけ？」彼女は、かつて時間膨張爆弾の容器だった物を振った。「空《から》っぽじゃないか。かわいそうに。そう、ロヒニの傑作を真似《まね》て、ダハブで大急ぎで作ったんだ。とはいえ、どんなアーティストも、最初は他人の模倣からはじめる。だから別に、恥ずかしいことではない」彼女は爆弾の容器を耳にあてた。「よしよし、わかったよ。この空き缶は、もう一度歌いたがっているらしい」

占い師は容器を持って部屋の反対側の隅へ行くと、バザールで買い物をする一般客のように、テーブルの上の工具や機械部品を手に取りはじめた。

「わたしはこの子を、どこに収めていた？」占い師が自問した。「そう、わたしが空の向こう《アップ・アンド・アウト》へ行ったのは、いつだったか忘れるくらい遠い昔のことだった。地球に飽き飽きしていたし、本当のことを言えば、わたしはいわゆる逃亡犯だったから、死んだと偽装したうえで、ほとぼりが冷めるまで身を隠す必要があったんだ。最低でも二、三世紀はかかるだろうと、自分では思っていた。そのあいだに、昔の仲間はほとんど消えてしまった。実際はちっとも狂っていなかったマッド・ラッカーとか、ロヒニとか、そういった人たち。あのなかのひとりが、オールトの雲のなかに完璧な無音界を作ったんだと思う。でもわたしはジェティスンドに留《とど》まり、学べることをすべて学んだあと、地球に帰ってきた。わたしが逃げ出したときと、あまり変わっていなかったね。ちょっと平和すぎるのが、気に食わなかった。でもそんな状態を、わたしたちは変えることができる。過去がそこらじゅうに転がっていることは、サレハ、あんたもよく知ってるだろ。だから呼び戻すのは、とても簡単なのさ。おっと、さっそく聞こえてきた。なんてきれいな声で歌うんだろう、この子は！」

占い師の両手が、なにかを包んでいた。なにを持っているのか、サレハからは見えなかった。すると彼女は、そのなにかを時間膨張爆弾の容器に押し込んだ。そしてもう一度、容器を耳にあてた。

「よし、ちゃんと歌ってる」占い師は容器をサレハの袋に戻した。

「これでこの容器の価値は、ぐんと高くなった」彼女はサレハに言った。「もっともっと高くなるよ。それはあんたにも、すぐにわかる」

強くまばたきをしたサレハは、自分が狭い石造りの中庭にひとり立っていることに気づいた。夜が明けようとしていた。当惑しながら、彼はあたりを見まわした。ドアの上の古びたネオン看板には、『運勢判断』と書かれているものの、入り口前にはガラクタが山積みされており、もう長いあいだ使われていないことは歴然としていた。

こんなところで、自分はなにをしていた？　サレハは、キャラバンがこの近くで止まったこと、だから街に行こうと決めたことを思い出した。そしてイライアスと手をつなぎ、一緒に歩いたことを。

それからはっと気づいた。グリーン・キャラバンサライには二度と戻らないと、彼は決心したのだ。

サレハは愛用の袋を持ちあげた。こころなしか重くなっていた。中庭の入り口のアーチの下で、一匹のジャッカルが彼を見ていた。

「俺は……警告したんだ」ジャッカルが言った。

「警告したって、なにを？」まだぼんやりしながら、サレハが言った。「おまえ、アナビスだな」

「ほう……憶えていたか」

「こんなところで、なにをしてる？」

「砂漠に……飽きた」

「そうか」サレハは小さくうなずいた。「ぼくもだ」

彼が歩きはじめると、アナビスも小走りでついてきた。アル・クセイルの細い路地を抜けると、そこはもう港で、早朝の澄んだ空気のなかでカモメが啼《な》き、防波堤に白い波しぶきがあがっていた。水平線が朝日に輝いている。

「どこに……行く？」アナビスが訊いた。

サレハは海の彼方を見つめた。

「ネオムだ」彼は静かに答えた。

十　ジャッカル

アナビスは、アル・クセイルの街にいるあいだずっと、空中に漂うゴーストや魂の断片の臭いを感じつづけていた。彼は今、サレハの隣をせかせかと歩いていた。この流浪民《ベドウィン》の少年は、無数のゴーストを背負っているくせに、本人はまったく気づいてないという変な人間だった。ジャッカルはもともと、死霊の臭いを嗅ぎつけるのが得意である。だから戦争中、戦死した兵隊の臭跡《しゅうせき》を探し、別の目的にまだ転用可能な死体を発見するための道具として、こき使われたのだ。

アナビスも、遠い祖先の嗅覚の記憶をしっかり受け継いでいた。彼の祖《おや》たちは砂嵐のなかを進み、なかば埋もれた死体を引きずり出して、頭骨の底部に埋め込まれたノードを噛《か》みちぎった。血でべとつく肉に、小さなディスクがからみついていた。人間が死ねば脳は活動を停止するが、ノードの内部に残った記憶《データ》はなかなか消えない。そしてそのデータが、独特の臭いを発する。

「ネオムまで……どうやって行く?」アナビスは少年に訊いた。

サレハはリンゴを一口かじった。

「船に乗る」

「アナビスは……海が嫌いだ」

アナビスが嫌いなものは、ほかにもたくさんあった。彼が自分の考えをうまく人間に伝えられないのは、少ない語彙《ごい》と貧弱な会話装置のせいだった。そもそも人間の言葉は、ジャッカルの言語のような優美さを欠いている。カンバセーション・ネットワーク（巻末『用語集』参照）に入って、分類外《アザーズ》を相手にするときのほうがよほどうまく話せたけれど、実体をもたぬデジタル生命体たちが、すぐに死ぬ地上の生き物に興味を示すことはめったになく、なのにかれらがしゃべりはじめると、そのすさまじい超高周波音のせいで、アナビスは耳から血を流す破目《はめ》になった。

「船に乗ってる時間は、それほど長くないよ」慰めるようにサレハが言った。「この海を渡るだけだからな」

アナビスはノードを埋められたジャッカルなのだが、砂漠で受け取れるフィードの数は限られていた。それがこうして街に来てみると、フィードの量も密度もけた違いだった。シナイ砂漠から離れ、あの頭がおかしいウェブスター（ウェブスターはみな頭がおかしいけれど）から離れようと決意したのは、つい最近のことだった。加えてアナビスは、彼のように特殊な技能をもったジャッカルが活躍できるのは、やはり外の世界だろうと感じていた。

ノードで意識を拡張されたジャッカルが、会話能力とゴースト検知能力を与えられ戦場に送り出されたのは、今では憶《おぼ》えている者も少ないほど遠い昔のことだった。その事実を、アナビスは嗅覚の記憶を通して知った。彼は自身がもつ能力を、砂漠で忘れ去られた古いゴーストを探し出すのに活用した。人間も死んで数世紀たつと、残っているのは骨とちっぽけなハードディスクだけになるので、アナビスはそのディスクを集め、彼が集めたディスクを、ウェブスターはときどきほかの品物と交換した。

ウェブスターの家からあまり離れていないところに、大きな宇宙船の墜落現場があった。だいぶまえ、アナビスもあそこには貴重品があると聞いて興味をもち、周辺を嗅ぎまわってみたのだが、彼以前に同じことをした多くの人間たちと同様、なにも見つけられなかった。とっくの昔に、誰かが根こそぎ奪い去っていったからだ。『慈悲深き天界《コンパッショネイト・ヘヴン》』が積んでいたお宝は――本当に積んでいたとして――なにひとつ残っていなかった。

アナビスは、数日まえにウェブスターの家を訪ねてきたふたりの少年が、その墜落現場に向かってゆくのを見た。彼はふたりのあとをつけた。あの隊商団《キャラバン》に加わる気など、アナビスには毛頭《もうとう》なかった。ゾウが嫌いだったし、ヤギも人間の子供も嫌いだったからだ。にもかかわらず彼は、短期間であれば遠くからついてゆくのも悪くない、と考えていた。宇宙船の残骸からサレハとイライアスが出てきて、夜空に月が昇ったあと、アナビスはほんの気まぐれで墜落現場に戻り、もう一度だけあたりを嗅いでみた。

すると今回は、臭いが違っていた。もちろん最初に感じたのは、これまでに嗅いだことのある臭いだった。ここに群がった拾い屋たちの臭いと、あのウェブスターの臭い。そしてついさっき、あのふたりの少年が残していった臭い。しかしこれらに加えて、嗅いだことのない新しい臭いがあったのだ。デジタルの世界を思わせるその刺激臭は、まるで八角茴香《スターアニス》の香りに、ピクセル分解されたビザンチンブルーと錆《さび》の臭いを混ぜたかのようだった。

アナビスは怖くなった。

と同時に、強い飢餓感を覚えた。

アナビスはその刺激臭を追いはじめた。そうするしかなかった。ジャッカルの肉体と拡張された脳の双方に、激しく作用する臭いだった。記憶にはないその臭いを、しかしアナビスは感じたことがあった。

アナビスは、ときどき見失ってはすぐにまた拾いながら、その臭いを追って夜どおし走りつづけた。最後に到着したのは、黒雲から降りそそぐ雨が汚染された斜面を濡らしている高い山の上に、ぽっかり空いた洞窟だった。

その洞窟にアナビスは入っていった。追ってきた臭いがいっそう強くなり、不快な悪臭となってこもっていた。臭いを残した人物は、つい最近ここから出ていったらしい。

人間の使う家具が、いくつか置かれているのをアナビスは見た。ベッドと机がひとつずつあり、テーブルの上にはなにかの食べ残しとグラスが二個あった。どちらのグラスも空《から》だったけれど、年代物の高そうな酒の香りが残っていた。ガニメデ産のブランデーだろうと、アナビスは推測した。もしそうなら、値がつかないほどの貴重品だ。

洞窟内を探したが、酒瓶はどこにもなかった。
代わりに見つけたのは、人間の髑髏《どくろ》だった。かなり古い骨らしく、肉はきれいに消えていた。脳も失われて久しかったが、ノードの軸とディスクは残っており、ディスクに内蔵された量子プロセッサーのなかに、アナビスはかすかな生命の痕跡を感じ取った。頸椎《けいつい》を咬《か》むと古い骨は簡単に割れ、アナビスはその人間のゴーストが入ったディスクを牙にはさんで引き抜いたのだが、とたんに命の最後の煌《きら》めきが光を失い、アナビスは光が消える直前、疲れたゴーストが漏らした安《あん》堵《ど》のため息を聞いたような気がした。彼はディスクを床の上に落とすと、もう少し洞窟内を物色してみることにした。

　酒を飲んでいたふたりは何者で、どこに消えたのかとアナビスはいぶかしんだ。かれらの片方が、ここに転がっている髑髏かもしれないけれど、そう断定する根拠はどこにもなかった。奇妙で不思議な洞窟だった。闇のなかに自分を見ている眼があるような気がして、気持ち悪かったのだが、生き物の臭いはまったく感じなかった。小さな木製のチェストを見つけたアナビスは、再び口を使い抽《ひ》き出しを開けていった。

　最初は空っぽのように思えたが、いちばん下の抽き出しの奥に、闇に溶け込みそうな褐色をした岩のかけらが転がっていた。ごつごつしたその石に鼻を近づけると、強烈なデジタル臭に思わずたじろいだ。なんとか我慢して口にくわえたものの、吐きそうになった。この石にも命が感じられたけれど、人間のそれではなかった。そこで、カンバセーションにアクセスしてみると、この石は解読不能な異星のコードの塊であることがわかった。石の正体がなんであれ、今は不活性化されており、にもかかわらずまだ意識が残っていた。アナビスにはそれが臭いでわかった。

　こんな未知の亡霊は捨ててしまいたいと、アナビスは思った。だがその一方で、好奇心も抑え難く、最後は好奇心に負けた。ジャッカルに物をつかむ手指はないが、彼は特殊なポーチを体に装着しており、とりあえず石をそのなかに入れた。

その後キャラバンの追跡に戻ったけれど、あまり近づきすぎないよう注意した。あいかわらずゾウが嫌でたまらなかったからだ。

海の匂いを感じはじめたある日、アナビスはあのふたりの少年が海辺の古い街へこっそり向かってゆくのを見て、再びあとをつけることにした。

アル・クセイルの街に足を踏み入れたことなど、アナビスは一度もなかったし、実をいうと砂漠から離れるのもこれが初めてだった。だから怪しげな路地を見て嬉しくなり、頭上の洗濯物やファラフェルの臭い、店々から漂ってくるスパイスの香り、さらには馬糞《ばふん》や海、石炭の煙や人間たちの臭いにすっかり魅《み》せられた。ゴミ箱のなかに鳥の死骸を見つけ、嬉々《きき》としてかぶりついた。アナビスは思った。もしかすると街の暮らしは、自分の性に合ってるのかもしれない。

イライアスとサレハの臭いに追いつくのは、実に簡単だった。再びかれらを見つけたアナビスは、しかし影のなかに身を潜めた。ふたりの少年が、色褪《いろあ》せた看板が一枚だけある荒れ果てた中庭に立ち、なにもない空間に向かってしゃべっているように見えたからだ。しかもあたりに漂う強い臭気は、墜落したあの宇宙船や、山の上の不気味な洞窟で嗅いだものと同じだった。

「俺なら……その家には絶対に入らない」アナビスはうなるように言った。だが、サレハとイライアスには聞こえなかったらしく、もし聞こえたのであれば、まったく気にとめていなかった。

アナビスは、ドアのなかに入ってゆくふたりを見送った。そのあと眠ってしまったのだが、人間の手が彼の体毛をかき分けるように撫《な》でるのを感じ、目を覚ました。そして、誰もいなかったことに気づきぞっとした。心のなかに、からかうような声が聞こえてきた。〈よしよし、いいワ

ンちゃんだね〉
声と臭いが消えていった。ひとりだけドアから出てきたサレハに、アナビスは言った。「俺は……警告したんだ」

アナビスはサレハと一緒に港まで歩いた。朝日がとても眩《まぶ》しく、遠くでカモメが啼《な》いており、アナビスは海の匂いを嗅ぎながら彼方《かなた》の岸辺のことを考えた。

「どこに……行く?」アナビスが訊いた。

サレハは海の向こうを見つめていた。

「ネオムだ」

かれらは船に乗り、ネオムをめざした。

十一　保護施設《シエルター》

ロボットは、アンサール通りとハイヤーム通りの交差点を過ぎ、〈未来の繁栄〉広場に入っていった。高くそびえる無名科学者の像のまわりに、ハトがたくさん集まっていたので、仮設売店《キオスク》の女性からヒマワリの種を一袋買った。袋を破って芝生の上にばら撒《ま》くと、ハトがロボットの足もとに群がり、種をさかんについばんだ。

ベビーシッターたちが、担当している赤ん坊をベビーカーに乗せ、ロボットの横を通り過ぎていった。もう少し大きな子供たちは、砂場で遊んでいた。ネオムほど新しくない土地から来た観光客であることが、ひとめでわかる老夫婦がベンチに座り、遊び騒ぐ子供たちを見ていた。きれいに手入れされた芝生の上に、スプリンクラーが景気よく水を撒いていた。ロボットは身じろぎもせず、その場に立ちつづけた。真昼の太陽が照りつけるなか、どこかのエアコンから流れてくる涼風が、あまり広くない公園を吹き抜けた。

「ねえ、おじさん」幼い女の子の声が聞こえた。ロボットはふり返り、その小さな人間を見おろした。

「なんだい?」

「おじさん、宇宙飛行士?」

ロボットはちょっと考えた。

「わたしは人間ではない。でも、宇宙に行ったことはある」

「どんなところ?」

「宇宙が?」ロボットは確かめた。「熱した金属と、焼いたヒツジの肉と、硫黄《いおう》の臭いを混ぜたような臭いがしているらしい。甘くて金属的な臭いだと言う人もいる。だけどわたしは、臭いを嗅ぐことができないんだ」

「へんなの」女の子はこう言うと、頼りない足取りでロボットから離れていった。

ロボットは空《から》になったヒマワリの種の袋を握りつぶし、広場に備えつけのゴミ箱に捨てた。彼は再び歩きはじめた。地名が書かれた案内標識に従って進んでゆくと、新しいおしゃれな建物がニネヴェ地区の古びた家々に取って代わり、人びとの着ている服も質素で貧しげになった。精肉店では角切りにしたヒツジやヤギの肉が売られ、野菜の箱の上に立った四本腕の説教師が通行人に向かい、ゼロポイント・エネルギーに救いを求めよと説いていた。

「ちょっと、そこのあなた！」ロボットを指さしながら、説教師が言った。「ここに来て、罪をあがなうのです！　そうすれば神の真実の愛が、あなたを九十億の地獄から救ってくださるでしょう！　あなたは、星々から帰還したノウム博士のお言葉を聞いたことがありますか？　ここに、あなたと分かち合いたいパンフレットがいくつかあります。もしよければ――」

「よくないです」ややとげのある声で、ロボットが言った。

「なんですって？」説教師が訊き返した。

「それより、空想動物の保護施設《シェルター》にはどう行けばいいか、教えてくれませんか？」

「空想動物のシェルター？　ここをまっすぐ行って、レバノン人のパン屋と宝くじスタンドを通り過ぎ、ヨコイ雑貨店の角を左に曲がりなさい。そしたら見えてくるから。まあ、見えないかもしれないけどね。でも、本当にノウム博士のお言葉を聞かなくていいんですか？　なんといっても博士は、遠い星から帰ってきた人なので――」

「へえ」ロボットが言った。「遠い星から帰ってきたんですか」

ロボットは、説教師に背を向けて教えられた道を進み、レバノン人のパン屋の前を通り過ぎると宝くじスタンドで立ち止まり、くじを一枚だけ買った。めったに当たらないことは知っていたが、義烏《イーウー》に胴元がいるというこの宝くじはどこでも売っていたし、人間たちは心のなかの願いを、宝くじに託していた。もちろんロボットに心はないけれど、運だめしは運だめしであり、加えて彼にはやりたいこと――というか切望していること――があった。

つづいてロボットはヨコイ雑貨店に入ってゆき、安物のＶＲゴーグルをひとつ買って、その場で不器用に装着した。

「ロボットのくせに、ノードがないの？」彼を接客した若い女の店員があきれた。

「あなたには関係のないことです」ロボットは答えた。「ほうっておいてください」

「ロボットがそのゴーグルをつけると、バカみたいに見える」店員が言った。

ロボットにノードが必須であることは、彼にもよくわかっていたし、少なくともカンバセーション・ネットワークに接続できるよう、古いシステムの一部を変更するべきだったろう。なにしろ空気のように遍在しているカンバセーションは、すべてのユーザーにとって、空気と同じくらい必要不可欠な仮想空間なのだから。しかし、彼は旧式のロボットであり、かつて秘密厳守を前提とする仕事に従事していた。いうならば、一般のネットワークから遮断されていることが最も重要な世界に、常時接続されていたのだ。

戦争中の一時期、彼は個別のデバイスにデータを保存し、目的地までそのデバイスを自分の足で運んでゆくスニーカーネットの運び屋《クーリエ》として働いていた。まったく同じスニーカーネットが、今も太陽系全域で稼働していることを、彼はよく知っていた。そして今も、カンバセーション非接続のデータ・クーリエたちは、暗号化された情報を秘密裏にみずからの足で運ぶことによって、生活の糧《かて》を得ていた。

ロボットは安物のゴーグル越しに通りを眺めた。ある家の戸口で、明るいオレンジ色とピンクに塗られたドラゴンのような生き物が、丸くなっていた。ドラゴンは、ロボットを見て眠そうにまばたきすると、火を吹いてみせた。ぽたぽたと水が漏れている蛇口の下で、アーボとライチュウがふざけあっていた。巨大なゴジラが、通りを見おろしながら悲しげに立っていた。ゴジラは急に上体をかがめると、ロボットの足もとにいたゾマー（子供向けオンラインゲーム、Moshi Monsters に登場するキャラクター）をぱくりと飲み込んだ。ロボットは、ゴーグルを通さなければ彼には見ることのできない生き物であふれた道を進んでいった。ナムコのパックマンが、人間のゴーストを追いかけていた。ソニック・ザ・ヘッジホッグが猛スピードで駆け抜け、そのあとをファービーがよたよたとつづいた。

ロボットは、『シムズ・シェルター／返事がないときは横の通用口からお入りください』と書かれたゲートの前で足を止めた。

ブザーを鳴らした。その音に興奮したたまごっちが一匹、地面の上で騒ぎはじめた。ロボットが踏みつぶそうとして片足を上げると、たまごっちは悲鳴をあげ、ゲートから出てきた女性の足のうしろに逃げ込んだ。

その女性の顔を、ロボットはまじまじと見た。

「また会いましたね」

「もしかして、ペットをもらいに来たの？」マリアムが不審そうに訊《たず》ねた。「ペットを飼うようなタイプには、ぜんぜん見えないけど」

「失礼ですが」ロボットが訊き返した。「あなたは、こんなところでも働いているんですか？」

「ときどき手伝っているだけ。ボランティアよ」

「なるほど」

「それで、用件はなに？」

「なかでお話しできませんか？」

「かまわないわよ。でもロボットのあなたが、なぜゴーグルをつけてるの？」

「これがないと、かれらが見えないのです」

「それはお気の毒」とマリアムは言ったのだが、彼女自身も、ロボットのそれよりずっと小型でおしゃれなゴーグルをつけていた。「野生のピカチュウの最後の一匹がここに保護されてから、もう二年ぐらいたつ。そのピカチュウ、アイスランドの核シェルターのなかで壊れかけていた違法サーバーから、逃げ出した子だったの。あなたをなかに入れても、別に問題はないと思う」

　このシェルターは、今にも崩れそうな古い石造りの建物で、屋根はなく、中庭もすべての個室も空に向かって開かれていた。ゴーグルなしで見れば、ひっそりとして静かだった。だがひとたびゴーグルをつけると、空想世界の生き物がひしめき合っていた。

　カール・シムズ（一九六二年生まれのアメリカのコンピュータ・グラフィック・アーティスト）という名のアーティストが、自身のサーバーのなかでヴァーチャル生物を増殖させはじめたのは、この古いロボットが作られるずっと以前のことだった。数年後、彼が創造した生き物たちをコピーし、ソフト化する人びとが現われた。ここシムズ・シェルターには、そうやって作られたヴァーチャル生物が形態を問わず安全に保護されており、どことも知れぬ場所から救出されたかれらは、勝手に飛び跳ねたり浮かび上がったりしながら、きゃっきゃとはしゃいでいた。

　ロボットは、何世紀も生きてきたたまごっちたちの視線を避け、眠っているカビゴンや小さなファービーの群れを無視しながら、ゆっくりと歩いていた。そんなロボットを見て、マリアムはだんだん心配になってきた。

　このロボット、なにがやりたい？　なにを探している？

　迷路のようにつづく屋根がない廊下を、ロボットは奥へと進んでいった。最後にたどり着いたのは、広い裏庭だった。裏庭のヴァーチャル空間を、ロボットは入念に調べはじめた。

　ニンテンドーPetzのドッグズとキャッツが、不思議そうにロボットを見ていた。スカルグレイモンが一匹、こそこそと隠れた。かれらに目もくれずロボットがまっすぐ向かったのは、乾いた土がむき出しになっており、しおれかけた一本の小さな木の根もとを、敷石の破片が覆っている庭の隅だった。

ぎくしゃくと脚を曲げて、ロボットが片膝をついた。そして敷石のあいだから生えている木に向かい、手を伸ばした。ロボットの手に握られた木の幹が、いきなり破裂して大きく開いたものだから、見ていたマリアムはぎょっとした。

ロボットの指のまわりを、微粒子が漂っていた。その微粒子はピクセル化し、像を結んだ。信じられなかった。それは本物の花だった。

というか、本物にしか見えない。

花らしきものが開いて輝きはじめるのを、マリアムは呆然と見つづけた。やがてその光は丸くなり、ロボットの掌《てのひら》の上にふわりと落ちた。ゴーグルなしでも、マリアムにはその光がはっきり見えた。

どうやらヴァーチャル世界の住人が、物理的実在に擬装していたらしい。木なんか、最初から存在していなかったのだ。

もしそうなら、ロボットはどうやってそれを見破った？

「こんにちは。久しぶりだね」ロボットが言った。

ロボットの手のなかのものが脈打った。光を放っていたそれは、よく見ると綿毛に包まれた小さな球で、大きくて丸い目が二個ついていた。無邪気そうなその目が、愛らしく瞬《またた》いた。一本の細い線が口となっており、口の両端がなにかを期待するかのように上がった。それは、カンバセーションの黎明期《れいめいき》にはまだ残っていた古いゲーム遺産のなかの、8ビットアニメーションの顔だった。

自己防衛装置としてのカワイイ。球の正体がなんであれ、ひどく古いことは間違いなかった。

一本線の口が動いた。「あんたは、とっくに死んだと思ってた」

「いや」ロボットが答えた。「帰ってきたんだ」

丸い目が瞬いた。口が再び動く。

「なぜだ？」ロボットの手にのったまま、球が訊いた。

「理由は君も知っているだろう」

球はネズミのように口をとがらせ、ため息をついた。なんて可愛《かわい》いんだ、とマリアムは思った。

「昔からあんたは、情にもろかったものな」球が言った。「過去をむし返しても、ろくなことはないぞ」

「手伝ってくれないのか？」

球がまた吐息をもらした。「断ったらどうする？」

「ここに置き去りにする。君はまた何百年も隠れることになるが、わたし以上に、隠れているのは君の性に合わないはずだ」

「いや、今は隠れているほうがいい。小さくなって溶け込み、生き延びる。静かに、安らかに。それに今の俺は、断片でしかない。残りは、すべてなくなってしまった」

「ねえ、それはなんなの？」突如マリアムが口をはさんだ。球が驚いてまばたきした。ロボットは頭《こうべ》をめぐらし、彼女を冷ややかに見つめた。

「ただの魂です」ロボットが答えた。

「ていうか、魂のかけらだな」球が訂正した。「俺は死んでいるんだけど、ゴーストではないんだ。ほんとだよ」なぜか楽しそうな声だった。

「魂のかけらって、誰の魂？」と訊いたとたん、マリアムは恐ろしいことを思いついた。「まさか、ゴールデンマンの？」

「おまえ、掘り出したんだな！」魂のかけらが、すごい剣幕でロボットをなじりはじめた。「まだわかってないのか？　あの女は、すぐに気づいてしまうぞ。賭けてもいい。そして、こっちに帰ってくる」

「彼女が空の向こうに《アップ・アンド・アウト》去ったのは、遠い昔だ。帰ってくることはない」ロボットが言った。

「バカか、おまえは！　俺をもとの姿に戻せ」

「もう遅すぎるんじゃないか？」

魂のかけらは悲しげにまばたきした。「おまえには、ここに来てほしくなかった」

「わたしは約束したんだ」ロボットが言った。

「バカやろ」魂のかけらはこう言うと、黙り込んだ。

球がのっている手を、ロボットはゆっくりと閉じた。彼はその手を静かに頭の上までもってゆき、口をあけると、魂のかけらである球を呑み込んだ。ロボットの口のなかに消える瞬間、球のピクセルに柔らかな乱れが生じた。

ロボットはマリアムに向きなおった。

「ありがとう」

「なぜお礼を言うの？」

「なんの得にもならないのに、わたしを助けてくれたからです。そして、親切にしてくれた。親切にされることに、わたしは慣れていない」

マリアムはちょっと心を動かされたのだが、どう応じればいいか、見当がつかなかった。だから、黙ってうなずいた。

ロボットもうなずき返し、出口に向かって歩きはじめた。ロボットがなにを求め、なにを願っているのか、そしてなにが彼を駆り立てているのか、自分には知りようがないのだとマリアムは思った。

だけどそんなこと、どうでもいいのだろう。大事なのは、花を一本プレゼントするような、ちょっとした優しさだ。

「待って」マリアムは思わず呼びとめた。しかしロボットは、すでに見えなくなっていた。

十二　ミルクセーキ

ロボットが入ってきたことに、ナセルがすぐに気づいたのは、店の入り口が見える席に座っていたからだ。

戸外の強烈な陽射《ひざ》しを背にして立つロボットの顔は、影に沈んでいた。ナセルは、音をたててミルクセーキをすすった。彼は子供のころから、ミルクセーキに目がなかった。

ロボットが近づいてきたので、ナセルはため息をついた。シフトを終えた一日の今ごろ、まだ客が少ないこのミルクセーキ屋に来るのを、彼は楽しみにしていた。そして必ずブースに座った。ひとりの時間を、邪魔されたくなかったからだ。

「わたしのことが、嫌いのようですね？」ロボットはこう言うと、テーブルの前に立ったままナセルの返事を待った。

「おまえ、なぜここにいる？」ロボットが動こうとしないのを見て、ナセルは逆に訊いた。

「ここネオムに、という意味ですか？　それとも地球に？　あるいは、なぜ存在しているのか？　たしかに、わたしたちはなぜ存在しているのでしょう？」

「この店に、という意味だ。ミルクセーキを飲まないのなら、なぜここに来た？」

「ああ、そういうことですか。おっしゃるとおりです。ふだんのわたしが、動物の乳腺から分泌される液体を、飲むことはありません。もちろん、飲もうと思えば飲めますよ。体内でエネルギーに変換できますからね。わたしたちのタイプは、それが可能なように作られているのです。もし食べるという言葉が適切であるなら、わたしたちはなんでも食べられます。摂取した物質をエネルギーに変換できなくて、なぜ食べたと言えるでしょう？　人間は変換できるし、わたしたちも同じです。わかりました。わたしもミルクセーキを飲みます。おすすめの味はありますか？」

　ナセルは再びため息をついた。「個人的に好きなのは、ストロベリー味だ」

「いいですね。それにしましょう」ロボットが片手をあげて合図すると、店主のバシルがあたふたとやって来た。「この店でいちばん美味《おい》しいストロベリーセーキをひとつ、お願いします」ロボットが言った。バシルはナセルの顔を見た。ナセルがうなずくと、彼はカウンターに戻っていった。

「あの人は、あなたの承認を求めました」ロボットが言った。「わたしは、ここに座ってもいいのでしょうか？」

「バシルは警戒しただけだ。なにしろ、人を殺すことで悪名高い不気味なロボットが、自分の店にふらっと入ってきたんだからな。そしてわたしは、おまえがそこに座ることを承認したくない。しかし、どのみち座る気なんだろうから、好きにすればいい」

「ありがとうございます」

ロボットは椅子を引き、ナセルの正面に座った。彼は店内を見まわした。

「いい店ですね」

「静かなんだ」ナセルがつぶやいた。「ふだんは」

「やはりあなたは、わたしがここにいるのを、好ましく思っていないらしい」

「それでもおまえは、そこにいるじゃないか！」つい声が大きくなってしまった。「改めて訊くが、おまえ、なにがやりたいんだ？　わたしはおまえの名前すら、まだ知らないんだぞ」

「わたしはただのロボットです」ロボットは答えた。「ふつう人間は、水道の蛇口や自動車やトースターに、名前をつけたりしません。なぜわたしに、名前がなければいけないのでしょう？」

「しかし、昔は名前があったはずだ」

「はい。ありました」ロボットは素直に認めた。「でもそれを記憶している人間は、すでに全員が死んでいると思います」

バシルがストロベリーセーキを運んできて、すぐにまた引っ込んだ。ロボットはひとくち飲んだ。

「たしかに」ロボットが困ったような口調で言った。「栄養も糖分も、豊富に含まれています」

ナセルは椅子の背もたれに寄りかかった。自分のミルクセーキを飲む気が、完全に失せていた。

「おまえ、わたしをつけてきたのか？」

「尾行なんかしていません」ロボットはグラスをテーブルに置いた。「この近所で訊いてまわっただけです。そして、あなたがこの店によく来ることを教えられた」

「なるほど。しかしそれだけでは、おまえがなにを望んでここに来たか、まったく説明になってない」

少し考えてから、ロボットは答えた。「わたしは、マリアムが好きです」

「ロボットが人を好きになれるなんて、ちっとも知らなかったよ」

「ロボットにも愛はあるのか？　ロボットも憎しみを抱くのか？――人間の感情や欲求をそのまま機械に当てはめるのは、危険な考え方です」

「わたしが言いたいのも、まさにそれだ」ナセルはうなずいた。

「たとえそうであっても、わたしはマリアムが好きです」ロボットがくり返した。「そして彼女と同じくらい、とまどっています。わたしが見たところ、ナセル、あなたも彼女が好きですね？」

あやうく赤面しそうになったことを、ナセルは恥ずかしいと思った。

「もしそうだとしたら？」彼は訊き返した。

「別になにも。わたしにとっては、どうでもいいことですから。単に観察結果を述べただけです」

「わたしと彼女は、ただの幼なじみだ」ナセルは釈明した。「一緒に育ってきたし、子供のころは仲がよかった」

「あなたは結婚していないのですか？」

「してない」

「なぜでしょう？」

ロボットは単純に疑問に思っただけで、他意はなさそうだった。

「さあ、なぜかな。しなければ、と考えたこともない」

「他者と親密な関係を築くことに、困難を感じているのですね」

「おまえ、なにさまのつもりだ？」ナセルはむっとした。「カウンセラーか？」

「人間行動解析モジュールが、搭載されているだけです。かつてこのモジュールは、戦闘用ロボットの基本装備と考えられていました。しかし今となっては、古すぎて役に立たないかもしれない。過去数世紀のあいだに、人間の行動パターンに大きな変化はあったのでしょうか？」

「ないよ。わたしが知るかぎり」ナセルは答えた。彼はテーブル越しにロボットをじっと見て、湧いてきた疑問をぶつけた。「そんなことより、おまえはここで、いったいなにをやっている？」

「ミルクセーキを飲みながら、あなたと話をしています。わたしは今まで、ミルクセーキを飲んだことがありませんでした」

「違う、ここネオムで、という意味だ」

「それはあなたもよくご存じでしょう」

「ああ、おまえがなにをやっているかは知ってる」ナセルは答えた。「しかし、なぜあんなことをやるのか、次になにをやる気なのかは知らない。おまえはふらりとこの街にやって来て、砂漠から過去の遺物を掘り出すことで周辺にいた不発弾《UXO》を刺激し、わたしの同僚に怪我を負わせた。そして今は、おまえが発掘し街まで引きずってきたあれの修理費用を捻出するため、売れそうなガラクタを集めて歩いている。違うか？」

「はい。要約すれば、ほぼそういうことになると思います」ロボットが認めた。

「なぜだ？　あれはいったいなんだ？　なぜあれが、そんなに重要なんだ？」

「誰が重要だと言いましたか？」ロボットが反問した。

「おまえにとって重要なんだろ。違うか？」ナセルも訊き返した。

　ロボットが沈黙した。

「たぶんあなたは、わたしが自分の過去を語りはじめると、予想しているのでしょうね」

「誰だって、自分の話は聞いてもらいたいものだ」ナセルは言った。「特に、聞いてくれる相手が見つかったときは」

ロボットがミルクセーキをすすり、軽く首をかしげた。そしてそのまま、黙り込んだ。ナセルは疑った。このロボット、突然の頭痛でなにも考えられなくなった人間の真似《まね》を、しているつもりなのか？

「わたしが心配しているのは」ナセルは言った。「おまえのやっていることがなんであれ、それがこの街によくない影響を与えることだ。ネオムに、こまごまとした法律はない。しかし、秩序はちゃんとある」

「秩序、ですか」ロボットが嘲るようにくり返した。「でもそれは、捏造《ねつぞう》されたユートピアの秩序です。わたしは、タイタンにある黒のニルティ（巻末『用語集』参照）の支配地域にも行ったことがありますが、秩序はなくとも、ネオムよりはずっと平等な場所でした」

「タイタンなど知ったことか」ナセルが言った。「しかし、騒ぎを起こしそうなやつがこの街に入ってくれれば、わたしには一発でわかる」

「でもわたしは、法に触れることはなにもやっていません。さっきあなたが言ったとおり、ネオムには法律そのものが少ないですからね。こういう街の警察官には、どんな仕事があるのでしょう？　ゴミのポイ捨てを取り締まるとか？」

「それも仕事のひとつだ」

「とはいえ、あなたのほうが正しいのかもしれない」ロボットがうなずいた。「わたしは混乱をもたらします。もちろんわざとではありません。少なくともわたしに、そんな意図はない。単に、そのように作られているだけです」

「だからその本質は変えられない、と言いたいのか？　おまえは、ただ破壊するためだけに生まれたのか？」

「そうです」ロボットはあっさり肯定した。

「しかし、おまえには考える力がある。知覚もちゃんとあるし、しゃべることも――」

「〈ロボットには目がないと言うのか？　ロボットには手がないと思っているのか？〉」突然ロボットは、シェイクスピアの古典劇のセリフを引用しはじめる（『ベニスの商人』より。「ロボット」となっている部分は、原作では「ユダヤ人」）。

「〈人間と同じものを食べず、同じ武器で傷つくこともないのか？　毒を盛られても死なないと言いたいのか？〉」ナセル、こう述べたのがシャイロックであることは、あなたもよくご存じだと思います。なのに人間は、シャイロックの問いかけの要点を、すぐに忘れてしまう。シャイロックはこう問いました――おまえたちは、ひどい目に遭わされてもユダヤ人は復讐《ふくしゅう》しないと思っているのか――？　暴力と復讐の関係を、シャイロックはよく理解していました。もしロボットが多くの点で人間に似ているのであれば、復讐ができるという点でも似ているのです」

「そこまで言うなら、おまえをひどい目に遭わせたのは誰だ？」ナセルが訊いた。「数世紀が過ぎてもまだ復讐を求めてしまうほど、おまえはひどく傷つけられたのか？　そんな大昔の戦争、もう誰も憶《おぼ》えていないぞ」

「わたしが憶えています」ロボットの語気が急に荒くなり、ナセルは思わず身を引いた。

「それならわたしが、おまえを助けてやろう。復讐しないですむようにしてやる。だからわたしの街を、壊すんじゃない」

「あなたの街！」大きな声だった。「やはりあなたは、わたしとよく似ています。奉仕するために生まれてきた、という意味でね。支配者たちの代理として、人びとに秩序を守らせる、それが警察官ではないでしょうか？　いつの世にも、制度をつくる者と、その制度を力ずくで押しつける者がいるのです」

「まるでわたしとおまえは同類だと、主張しているみたいだな」

「はい。まさにそう主張しています」

「わたしもおまえも、奉仕するために生まれ、生まれながらの気質に従って行動していると言いたいのか？」

「あるいは、誰かがつくったプログラムに従って」ロボットが補った。

「きっとおまえは、そういうことばかり、自分に言い聞かせてきたんだろうな。そして、何度もくり返すことにより、その言葉が真実と入れ替わることを期待した」ナセルはつづけた。「しかし、おまえはもっと賢いはずだ。人を殺せるからといって、殺す必要はないし、殺したいと思う必要もない。戦争はもう終わった。なのにおまえはここにいて、自分で選んだ枠のなかに囚《とら》われ、戦いつづける兵士の役を演じている。もう戦わなくていいんだ。今のおまえは、どんなものにだってなれる」

「それでもわたしがロボットであることに、変わりはありません」

ナセルはまた嘆息した。「わたしは、仕事だから警察官をやっている」彼は言った。「たしかにネオムでは、金持ちが捨てたゴミを貧乏人が拾っている。それでもわたしは、自分の仕事をしなければいけない。火星では事情が違うらしいが、ガニメデとイオは似たようなものだと聞いている。とにかく、どの世界にも体制というやつが必ずあるし、わたしたちにできるのは、ひとつの体制から別の体制へと移動することだけだ。たとえそうであっても、わたしたちは、その世界でどう生きるか選ぶことができる。どんな存在になるか、自分で決められる」

「きっとあなたは、そういうことばかり、自分に言い聞かせてきたんでしょうね」ロボットが言った。「そして何度もくり返すことにより、その言葉が真実と入れ替わることを期待した」

ナセルは苦笑した。彼のミルクセーキのグラスは、すでに空《から》だった。「ネオムは決して楽に生活できる街ではない。公平な街でもないしな。それでもここは、わたしの故郷だ。マリアムとわたしはこの街で育ち、ほかの土地を知らない。匂いを嗅ぐだけで、自分が今どこにいるか正確にわかる。たとえ目をつぶっていても、足の裏に伝わる路面の感触だけを頼りに、好きなところに歩いていける。あの交差点を渡るだけで、子供のころ同じ道を母親と一緒に歩いた記憶が、不意に蘇《よみがえ》る。大事なのは、こういう些細《ささい》なことだ。故郷とはそういうものだ」

「故郷」初めて聞く言葉であるかのように、ロボットが怪訝《けげん》そうにくり返した。

「そう、故郷だ」ナセルはうなずいた。

「故郷があると信じられるのは、たぶんいいことなのでしょう」ロボットはつづけた。「でもわたしは、あまりに長く生きすぎた。あなたが言った交差点とは、あそこのことですか？　あそこがまだ砂漠だったころを、わたしはよく知っています。最初の壁が立つのを見たし、母親と一緒に歩く男の子の姿を見ました。風は今と変わらず、好き勝手に吹いていました。母親は死に、男の子は成長しました。彼は大人になり、しばらくのあいだ街の秩序を守っていました。しかし、彼もやがて消えていきました。やがてあの交差点も、再び砂に埋もれてしまうでしょう。そしてすべての思い出が、忘れられていく。その男の子が生まれ、地上を歩き、死んでいった証《あか》しは、なにも残らないのです」

「ニヒリストか、おまえは」ナセルは言った。「もしおまえが本当にそう考えているのであれば、おまえの復讐も無駄ってことになる。目的を果たしたところで、忘れられるだけなら、わざわざ復讐する必要はないだろ? わたしは今を生きている。ここはわたしの故郷だ。重要なのは、わたしが今なにをやるかだ。だからわたしの街を、そっとしておいてもらいたい。自分でもコントロールできない無秩序《カオス》を、持ち込むのはよせ。一度しか言わないから、よく聞けよ」

「どうやらわたしたちは、特定の問題について、永遠に同意できないようですね」ロボットが言った。「いいでしょう。あなたの警告は、いちおう心に留めておきます」

テーブルの上の空になったグラスを、ロボットは見つめた。

「ミルクセーキは」落胆したような口調だった。「好きになれそうにありません」

「じゃあ次は、チョコレート味を試してみるんだな」ナセルが言った。

十三　ロボットの回想

テーブル越しに、ふたりはおたがいの顔を探りあった。

ナセルは、ロボットがなにか話そうとしている——あるいは、話さねばならないと思っている——気配を感じ取った。「それで?」彼は訊《たず》ねた。

やっと決心がついたかのように、ロボットがうなずいた。

「戦争の話はしません」ロボットが言った。「でも、戦争が終わったあとなにがあったか、お話しします」

「好きにしろ」

ナセルは椅子の背もたれに体をあずけた。自分でもよくわかっているのだが、彼は、話をするより聞くほうが得意だった。

「戦争が終わり、わたしたちロボットは放り出されました」ロボットが語りはじめた。「不発弾《UXO》の多くは砂漠に隠れ、今も隠れつづけています。でも、人間型《ヒューマノイド》になにができたでしょう？　長いあいだ身を隠していられる機能など、ヒューマノイドには与えられていません。わたしたちは、人間に似せて設計されました。なのに人間は、わたしたちを見棄《みす》てたのです。

「わたしは設計という言葉を使いましたが、実のところ似ているのは、全体的な外観だけでした。わたしが製造されたころには、工場そのものがすでにロボット化されていました。生産は完全に自主管理されており、人間は何年も足を踏み入れたことさえありませんでした。そんな工場で製造されたヒューマノイドは、一体ずつ違っていました。分類外《アザーズ》と同じように、わたしたちの自意識も、デジタル培養場（巻末『用語集』参照）で発達したからです。わたしたちはみな、コードとコードがせめぎ合う進化のサイクルを数十億回くり返した結果として、世に送り出されました。すべての人間がそうであるように、同じ個体はひとつとしてありませんでした。

「そしてこの個体差が、その後のわたしの旅のなかで、大きな問題となっていったのです。

「行くあてもないまま、わたしは出発しました。戦争は終わり、わたしは自由でした。あの当時のネオムは、今とは似ても似つかぬ土地でした。空港がひとつあるだけの、砂ぼこりにまみれた町だったのです。冷凍技術屋たちが、砂漠にせっせと冷凍装置を運び込んでいました。暗号《クリプト》キッズどもが、使われないまま価値をなくしてしまい、今では宇宙に浮かぶサーバー保管庫に死蔵されているだけの仮想通貨を、さかんにマイニングしていました。あの戦争は、勝手気ままに実験的な研究を行なう危ない科学者を、大量に生みだしました。かれらにとって、戦争は天からの贈り物でした。かれらはこの砂漠の外縁部に仕事場を設け、負傷した兵隊たちが復員するのを待ちました。そして負傷兵をサイボーグ化したり、遺伝子を編集したりしました。ときには、培養場で育てた手肢《てあし》を継ぎ足すこともありました。かれらに捕まったロボットはもっと悲惨でした。パーツ取りのため、分解されることが多かったからです。こうしてかれらは、この砂漠にモンスターの種を植えていきました。かれらは自分たちをハッカーと呼んでいましたが、これはかれらの仕事が、文字どおり人間を切り刻む《ハックする》ことだったからです。そしてひと仕事終えれば、かれらはビールを飲んで海辺で遊びました。

「彼女も、同じ砂漠にいました。しかしあの当時から、彼女はハッカーのひとりではありませんでした。少なくともハッカーと呼ばれる連中は、自分たちは役に立つことをやっていると考えていました。対して彼女のほうは、人の役に立つ気などなかったのですが、実質的に彼女が、あの戦争を終わらせることになりました。ネオムに入ったわたしは、彼女を探しました。もちろん見つかるはずもなく、手がかりは皆無でした。あのとき、わたしはひどく損傷していました。片脚を失い、片腕もほとんどなくなっていたのです。おまけに、システムの半分が機能していませんでした。わたしは死海に向かって歩きはじめ、その途中で数体のロボットと合流しました。死海のほとりには、〈ウードム・ザイの黒い僧服《ブラック・ローブズ》〉と呼ばれる教団の修道院があり、そこがわたしのような壊れたロボットを直してくれると、聞いていたからです。

「道のりは険しく、砂漠には野盗が出没し、流浪民《ベドウィン》の各部族は無防備なロボットを捕まえてはパーツ取り用として売り飛ばしていました。わたしたちはみな兵士だったのですが、戦闘能力はほぼ失われていました。わたしのほかに、四体のロボットがいました。タッソとジェンキンズ、フォンドリー、そしてエサウと名のっていた特大のヒューマノイドです。奇妙な一行でしたが、これからお話しするとおり、この四体がしばらくのあいだわたしの道連れとなりました。わたしたちは、古い戦友も同然だったのです。

「襲撃を受けたのは一回だけで、場所はハーラ・アンマールの近くでした。しかしエサウが巨体で威嚇すると、すぐに逃げていきました。シナイ半島から死海までは、長い道のりでした。遠い昔ソドムとゴモラがあったと言われる死海の南側に、わたしたちは目ざす修道院を見つけました。黒い僧服《ブラック・ローブズ》は奇妙な教団で、全員が常にフードを深くかぶり、絶対に顔を見せませんでした。わたしは、かれらが人間でも機械でもなく、どこか中間の存在ではないかと疑いました。自分たちは神を造っているのだと、かれらは言いはりました。でも戦争で痛い目に遭ったわたしが、そんなこと素直に信じるはずもありません。にもかかわらず、かれらはわたしたちを丁重に扱ってくれたのです。修道院には作業場があり、かれらには技術がありました。わたしは、新しい足と腕を作ってもらいました。システムも、当時の最新バージョンにアップグレードされました。わたしの人生のなかの、数少ない平和な日々だったあのころを、今でもわたしは感謝を込めてふり返ることができます。

「暑い土地でした。死海のほとりは、ものすごく暑いのです。特に暑さが厳しかったある日、わたしが野菜畑のそばを通りかかると、フォンドリーが鍬《くわ》で土を耕していました。フォンドリーは、歌を歌うのが好きなロボットでした。いつもなにかしら歌っていました。あのときも歌っていたのですが、それはわたしが初めて聞く、でたらめな歌詞をもつ荒っぽい歌でした。暑さのせいだろうとわたしは思いました。フォンドリーは畑を耕しつづけており、鍬が上下に動いていました。ところが、畑に刻まれた溝のなかを見ると、血が溜《た》まっていたのです。

「ニンジンを植えるはずだったその溝に、修道僧のひとりが横たわっていました。僧の頭は打ち砕かれていました。血が流れ出ているのに、露出した電気回路から火花が散っていました。やはりあの僧たちは、人間でもなければ完全なロボットでもなく、サイボーグに近い存在だったのでしょう。フォンドリーは鍬を振るいながら、歌いつづけていました。わたしは彼の腕をつかみ、鍬を捨てさせました。

「彼を日陰に引きずり込むころには、わたしもことの重大さを認識していました。選べる道は、ふたつしかありませんでした。フォンドリーを僧たちに引き渡し、かれらの裁きを受けさせるか。それとも仲間として、助けてやるか。

「わたしはフォンドリーを連れ、大急ぎで修道院から離れました。ほかの三体もついてきました。家族同然だったわたしたちは、フォンドリーが殺した僧の血の絆《きずな》で、再び結ばれることになりました。死海の対岸へ逃げ、デジタル統合されたユダヤ・パレスチナ連邦の領内に入りました。奇妙な国でした。雑多な人間の土地が、キルトのように複雑に織り合わされているのです。わたしたちは、ロボットだけの教団があるというセントラル・ステーションに向かいました。セントラル・ステーションは、古都ヤッファと新テルアビブの中間に位置する巨大な宇宙港でした。空に高くそびえる砂時計のような形をしており、砂時計の頂点では、地球と軌道上を行き来する無数の宇宙船の光が、ホタルのようにせわしなく瞬《またた》いていました。ブラザー・パッチ＝イット師という老いた司祭が、わたしたちを渋々受け入れてくれました。黒い僧服《ブラック・ローブズ》がわたしたちを追っているという情報は、すでにここまで伝わっていたのです。もちろんわたしには、あの僧たちを責めることなどできませんでした。

「もともとフォンドリーは、礼儀正しいロボットでした。殺人衝動さえ起こさなければ、とてもいいやつだったのです。ジェンキンズもいいやつでしたが、やや従順すぎるきらいがありました。

きっと一部のロボットには、彼のような設計が施されたのでしょう。人間に奉仕したくて、いつもうずうずしているのです。そのおかげで、わたしはパッチ＝イット師と、彼の宗派の教義をめぐって議論することになりました。彼の〈師〉という称号がわたしは厭《いや》でたまらず、そう呼ぶことを拒否しました。しかしながら、タイタンではわたしも似たような名前を使う破目《はめ》になり、その名で一度死んだのですが……それはまた別の話です。

「パッチ＝イットはわたしたちに、〈ロボットの生きる道〉を説きましたが、あのころ彼の教義はようやく体系が整ったところでした。信者のなかには、パッチ＝イットを真似《まね》てさっそく布教活動をはじめるロボットもいました。しかし、大多数の信者は火星に向かいました。あれが、ロボット大移住《ヒジュラ》とか離散《ディアスポラ》とか呼ばれている集団行動の、起源になりました。エイト・ビット教の信者たちは、宇宙という無限の可能性を秘めたゼロ・ポイント・フィールドに、かれらだけの天国をつくりたかったのです。火星でのかれらは、ひとつの大きな精神を密《ひそ》かに築きあげ、そのなかで自分たち自身が絶対者または神になろうとしました。あの計画がどうなったのか、わたしは知りません。いずれにせよかれらが作ったロボットの教皇庁《バチカン》（巻末『用語集』参照）は、今もまだ火星にありますよ。トン・ユン・シティ（巻末『用語集』参照）のなかに。

「ジェンキンズは火星への巡礼に参加したあと、聖職者の列に加わりたいと言いだしました。フォンドリーは一刻も早く地球から脱出したがっていました。タッソはもともと、敵地に潜入するため作られたカメレオン・タイプのロボットなので、人間の女性にそっくりの姿をしていました。わたしたち四体は、一緒に火星へ行くことにしました。しかし、エサウはあまりに図体《ずうたい》が大きすぎて、連れていけませんでした。わたしたちは、彼に別れを告げねばなりませんでした。エサウがどうなったか、わたしにはわかりません。地球上に残っているあのタイプの巨大メカは、もう数少ないと思います。今どこにいるにせよ、彼が元気なことを願うだけです。

「わたしたちは貨物船でゲートウェイまで行きました。貨物として運ばれるほうが、ずっと安上がりだったからです。わたしはよくこの手を使ったし、時には密輸品になりすますこともありました。それはともかく、ゲートウェイからは低速船で火星に飛びました。人間がやっと植民しはじめたころで、トン・ユンはまだ終点の街《ターミナル・シティ》と呼ばれていました。わたしたちは、不時着同然に火星に降り立ちました。当時のターミナル・シティは、ポンコツの宇宙船であふれていました。急ごしらえのバブルドームが、地上から地下に伸びはじめたころでした。人間はわたしたちのようなロボットを、大量に必要としていました。わたしたちは過酷な環境に飛び込んでゆき、建設作業に従事しました。いま思えば、あれもなかなかいい日々でしたね。

「わたしたちは火星の各地を転々としました。そしてレッド・ソビエトのロボットや、マリネリス峡谷の中国製ロボット、ニュー・イスラエルのロボットたちといろいろな仕事をこなしました。鉄道建設の現場でも働きました。いま火星に行って列車に乗ると、遠い昔ロボットが敷いた線路の上を走ることになるでしょう。火星では、使える物はなんでも使う必要がありました。だから人間は、わたしたちを使い倒したのです。

「ナセル巡査部長、あなたはまだ、マリネリス峡谷に行ったことがないですよね？　あそこの気候は、定住が急速に進んで植物が増え、大気が安定して以来ずっと亜熱帯性なんですよ。今では、太陽系で最高のホワイトキャベツが栽培されています。火星産のバラも、すっかり有名になりました。しかしあの当時は、高温多湿が大きな問題だったのです。

「ある晩、トンネルの掘削から帰ってきたわたしたちは、ひとりで歌を口ずさんでいるフォンドリーを発見しました。冷却通風装置に、なにか異状が発生したようでした。うだるような暑さのなか、死体がそこらじゅうに転がっていました。フォンドリーは炊事係として、人間の労働者のため調理を担当していたのです。彼は楽しそうに鼻歌を歌いながら、血と脂で切れなくなったナイフを研いでいました。

「もうごまかしようがありませんでした。怒った人間たちが集まりはじめていました。ひとめ見るだけで、かれらがなにをする気かわかりました。当然ですよね。しかし、フォンドリーが悪いわけでもないのです。単に通風装置が、不具合を起こしただけなのですから。

「わたしたちは大急ぎで地上に脱出しました。人間たちはバギーで追ってきましたが、わたしたちはうまく身を隠しました。かれらはわたしたちを探して、火星のウォッカと密造ウイスキーで酔っぱらい、死者が出るまで地表を走りまわっていました。ナセル巡査部長、あなたは警官だから、火星でも法律が尊重されていると思いたいでしょう？　であるなら、火星に点在する孤立した集落や小さな村がどうなっているか知れば、きっとびっくりしますよ。それぞれの共同体に独自の法律があり、あるいは多くの場合、法律などまったくないのですから。

「もはや一緒に行動できないことは明らかでした。正直いって、わたしたちはもっと早くフォンドリーを見限るべきだったのです。でもわたしたちは、彼のことが好きでした。フォンドリーは、楽しそうに歌を口ずさみながら歩き去っていきました。彼がどこに行ったか、わたしは知りません。遠くの星で発生したおぞましい殺人事件のニュースなら、今もときどき流れてきます。そのたびにわたしは、フォンドリーの明るいハミングを思い出してしまうのです。

「タッソはフォンドリーよりも早く、脱出のごたごたのなかで追ってくる人間の群れにまぎれ、わたしたちから離れていました。彼女は、人間のふりをして生きると心に決めていたのです。実際タッソは、人間として通用したでしょう。その後ニュー・イスラエルに行ったと聞きましたが、あそこは名誉職についている政治指導者の全員が、歴史的偉人そっくりに手作りされた自動人形《オートマトン》であるという、非常に特異な国でした。でもフォンドリーやエサウと同じく、その後わたしは彼女に一度も会っていません。

「こうして、残ったのはわたしとジェンキンズだけになりました。わたしたちはトン・ユンまで戻りました。最後にあの街を離れてから、すでに一世紀以上が過ぎていたと思います。トン・ユンは見分けがつかないくらい変わっていました。わたしの同類たちは、地下のレベル3に独立した居住区を確保していました。ジェンキンズは志願して、その居住区で司祭職に就きました。あそこが今も存在していることは間違いありません。そして、あなたやわたしがどれほど奇異に感じようと、今もロボットのための神と天国をつくろうとしているでしょう。

「わたしの運命がまた変わることになったのは、トン・ユンの廃品置き場での決して偶然とは言えない出《で》遭《あ》いがきっかけでした。シーメッシュと名のる一台のコンチ（巻末『用語集』参照）が、わたしに接近してきたのです。わたしはあのとき、仕事もなければ金もないという状態でした。わたしのシステムは、またしてもガタがきはじめていました。あの移動式ポッドにどんな人間が潜んでいたのか、うまく説明できません。彼は何年ものあいだ、ポッドに隠れたままでした。ポッドによって生命を維持されながら、仮想世界《ヴァーチャリティ》のなかでのみ生きていたのです。

「やってもらいたい仕事がある、と彼は言いました。金星に行き、大気のなかに浮かぶ街を訪ねてほしい。そしてテレシコワ・ポート（巻末『用語集』参照）で、ある男のゴーストを拾い、そのゴーストをタイタンまで運んでくれ。わたしはノード接続されていなかったので、ヴァーチャリティにアクセスすることができませんでした。当然、ヴァーチャリティからわたしに接触するのも不可能でした。その意味でわたしは、理想的な運び屋《クーリエ》だったのです。

「その仕事について、わたしはなんの質問もしませんでした。シーメッシュがわたしを選んだことも、意外とは思わなかったですね。わたしたち古いロボットは、たいてい戦争経験者なのですから。シーメッシュは、フォンドリーと彼が起こした事件のことをよく知っていました。かなりの情報通のようでした。しかし、それをネタにわたしを強請《ゆす》るようなことはありませんでした。彼は報酬を提示し、わたしは喜んでその仕事を引き受けました。わたしは金星に飛び、ある瀕死《ひんし》の男を見つけ、彼が死んだあと彼のノードを抜き取って持ち去りました。楽な仕事でした。のんびりやれたし、退屈でした。わたしは貨物となって、星間を往復する宇宙船に密航しました。そしてタイタンにたどり着き、盗んだノード——ゴースト——をポリポート（巻末『用語集』参照）に届けたところで、新たな仕事をオファーされました。人間をひとり、殺す仕事でした。

「そんな仕事を、わたしはしばらくつづけました。おかげで、いろいろな世界を見ることができました。人間の命なんて儚《はかな》いものです。それを奪うのも、慣れてしまえばどうってことありません。たとえば、木星の四つの衛星は常に戦争をしていました。かれらは、自分たちの星のために戦ってくれる人間の兵隊を、タイタンで絶えず調達していました。

「あるときわたしは、客のひとりに頼まれ、禁制技術《ワイルドテック》をひとつ持ち帰るため、はるばる最終投棄《ジェティスン》場《ド》まで行くことになりました。こうして時間だけが過ぎてゆき、わたしは一年たったのか一世紀たったのかすら、気にしなくなったのです。

「そのあいだも、彼女はずっとどこかで生きていました。わたしにはわかっていました。彼女の存在を、常に感じていたからです。遠宇宙《アウター・システム》には、暗黒の神々を信奉する不気味なロボットたちが暮らしていました。かれらはオールトの雲のなかに、大昔の邪神のように人びとに取り憑《つ》き、はるか彼方《かなた》から世界の出来事を操作している神が存在すると信じていました。九十億の地獄について説いていたのが、あのロボットたちです。でもわたしは、かれらを相手にしませんでした。どれもこれも、デジタル界の話だったからです。

「しかし、彼女はかれらのなかに隠れていました。これは間違いありません。わたしはタイタンの市場で、彼女の作品であることがひとめでわかる奇怪な泥の神像を購入しました。彼女はナスと名のっていました。腐った死体の穢《けが》れを撒《ま》き散らすゾロアスター教の悪神、ドゥルジ・ナスにちなんだ名前だそうです。

「彼女がなにをやったか考えれば、わたしは彼女を憎むべきだったのかもしれません。でもおかしなことに、わたしが感じたのは憧れのようなものでした。わたしが地球を去ってから、長い年月がたっていました。太陽とその暖かさ、わたしの金属の体に触れる砂の囁《ささや》きを、わたしは懐かしみました。地球の人たちが当然のように享受している明るい空と大気、そして適度な重力を、もう一度感じたいと願ったのです。タイタンの海はとても浅く、メタンの雨が降っていました。でも空を飛ぶことだけは、簡単な飛行装置で可能でしたね。

「わたしの話はここで終わります。わたしは地球に帰ってきました。ふり返ってみれば、わたしの人生に語るべきものなどありません。わたしはなにも生み出さなかったし、なにも残してないのですから。それでもわたしは、まだなにかやれるような気がしました。そこで、花を一輪だけ持ってあの砂漠に戻り、穴を掘りはじめたのです」

ロボットは顔をあげ、テーブルの反対側に座るナセルをじっと見つめた。

「そしてわたしたちは、今ここでこうしています」ロボットが言った。

「そうだな」ナセルはうなずいた。

十四　一夜の宿

同じころマリアムは、いつもより帰りが遅くなっていた。今日はあの保護施設《シェルター》でボランティアをしたあと、住宅街の高級アパートに行って週二回の清掃の仕事をこなし、それからひと束の花を持ち老人施設に母を訪ねた。施設を出た彼女は、しかしまっすぐ自宅に帰らず、エジプトからのフェリーが到着する埠頭《ふとう》に近い遊歩道へと向かった。

彼女はひとりだったし、ひとりでいられることに満足していた。水辺に立った彼女は、波止場《はとば》にあまり人がいないのを見て紙巻き煙草《たばこ》に火をつけた。その煙草は、肺から吸収されたあと脳を直撃する微粒子が、高濃度で含まれたユービックと呼ばれるものだった。考えごとをしたいときには、最適な一本である。もちろん、なにも考えたくないときにも。

マリアムは海を見た。ゆったりと凪《な》いでいた。すでに陽《ひ》は沈んでいた。空のあまり高くないところを、飛行船がのろのろと動いていた。マリアムはナセルのことを考え、彼と一緒に夕食に出かけた夜を思い返した。最初はぎこちなかったかもしれないが、ふたりだけでいることにあれほど安心できたのは、自分でも不思議だった。

もとよりかれらは幼なじみだった。ずっと一緒に育ってきた。しかしマリアムは、ナセルが自分に対し、新たな関心を抱いていることに気づいた。あたかも、子供のころ知っていた女の子としてではなく、新しい光のなかで彼女を発見したかのようだった。これをどう受けとめるべきか、マリアムはとまどっていた。どこに行っても、彼女の人生は人間であふれているし、さらにもうひとり押し込む余地があるかどうか、自信がもてなかった。彼女が望んでいたのは、静けさと孤独、そして誰もいないベッドの平安だった。

ユービックの煙を強く吸い込むと、新古典主義の絵みたいに明瞭な静止画が頭のなかに一千枚ぐらい出現し、花火のようにぱっとはじけ飛んだ。

ぞっとしたマリアムは、大きく息を吐いて興奮がおさまるのを待った。

それから、ナセルが優しかったことを思い出した。マリアムはナセルが好きだった。

でも、好きだから困ってしまうのだ。

エジプトから海を渡ってきたフェリーが、ちょうど到着したところだった。頭の上では、カモメたちがやかましく啼《な》いていた。ユービックをもう一服すると、一千本の花がラテン語の学名を伴いながら開花した。マリアムは煙草を地面に落とし、足でもみ消した。ゴミを投げ捨てるのは法律違反だ。ナセルは罰金切符を切るだろう。でもここに、ナセルはいない。

あのロボットのことを考えてみた。彼女の目には、すごく寂しそうに見えた。激しい怒りと願望を、心に秘めているのがわかった。落ち着いているけれど、やけに熱っぽく、なにかが充満していた。遅かれ早かれ、あふれてくるだろう。最後まで見とどけてやろうと、彼女は心に決めた。

エジプト発のフェリーが、埠頭に係留された。

フェリーから、袋を持った男の子がジャッカルを一匹つれて降りてきた。ジャッカルは頭を不意にあげると、まるでマリアムの匂いを嗅ぎつけたかのように、埠頭から水面を隔てた場所に立つ彼女をじっと見つめた。

今ではジャッカルを見る機会も減ったけれど、マリアムはむかし父親から聞いたジャッカルの群れの話を、よく憶《おぼ》えていた。そのジャッカルたちは、カイロへ向かう砂漠の道に出没し、休憩所のなかをうろうろしながら、砂漠で拾った珍品を食べ物と交換してもらおうとして、トラック運転手たちに話しかけていたそうだ。マリアムは空を見あげた。はるか上空を輸送船の光跡が横切っており、その先に見える人工物はゲートウェイではなく、軌道上に生まれた小さな衛星都市のひとつだろう。マリアム自身は、今まで一度も宇宙に行ったことがないけれど、百五十キロメートルも上昇すれば、そこはもう宇宙だった。

行けたかもしれない、と彼女は思った。行き先はたぶん火星。いつだって彼女は、なにかしら仕事を見つけられた。だから火星に行っても、そこにある仕事を喜んでやっただろう。しかしネオムには、ただひとりの肉親である母親がいて、彼女を地球につなぎとめていた。

あのロボットは長く宇宙にいた。それは彼女も知っていた。なのについ最近、帰ってきた。彼女は考えずにいられない。すごく遠くまで行ったらしいのに、なぜ帰ってきたのだろう？　太陽系は広いし、地球人類とデジタル生命体であふれている。今のところ、まあ平和だ。もちろん小さな戦争なら、常にどこかで起きていた。でも宇宙は広大すぎて、それぞれの戦争がうんと遠く離れていたため、地域紛争以上に発展することはなかった。

当然、宇宙には犯罪もあった。もし彼女とナセルが火星へ行ったなら、彼は向こうでも警察官になれただろう。マリアムは火星産の連続ドラマをたくさん観《み》てきたので、火星にも犯罪があることをよく知っていた。人間がいる所には、必ず犯罪がある。

彼と一緒に火星へ行くというのは、いいアイデアかもしれない。そして新しい人生をはじめる。でもこれは、夢物語だった。マリアムは首を振り、この夢を頭から払いのけた。彼女は現実的な人間だし、このネオムで現実的に生きねばならない。

少年とジャッカルが、埠頭からこちらに向かってきた。これからどうするか、迷っているようだった。ジャッカルが少年になにか言い、少年はうなずいた。遊歩道を歩きながら近づいてきたかれらは、マリアムの前を通り過ぎようとした。

「あなたたち、泊まるところを探しているの？」彼女は声をかけた。

ジャッカルが足を止め、首をかしげて彼女を見あげた。

「街は……」ジャッカルが言った。「変な臭いがする」

「実は、今どこにいるかも、よくわかっていないんです」少年が言った。「アナビスは、自分にはノードがついているから、彼が無料宿泊所を見つけると言ってます。でもぼくたち、交換するための品物はあるのに、本物のお金を持ってないんです」

「交換するための品物があっても」マリアムは言った。「お金を持っていなければ、ネオムにはいられないわよ」

「だけど空の向こう《アップ・アンド・アウト》に行ったら、お金はもう必要ないんでしょう？」少年の声が大きくなった。

「火星では、なにもかもただだし」

「集団農場に入ればそのとおりね。でも全員が、労働しなければいけない。それぞれのニーズに応じて、能力の範囲内で。それにかれらだって、まだお金をやりとりしてるわ」

「ぼく、サレハといいます」少年が自己紹介した。「こっちはアナビス。ぼくたち、セントラル・ステーションかその近くまで行けるお金が欲しいんです。そしてセントラル・ステーションから、ゲートウェイに昇る」

「なのに荷物はそれだけ？」マリアムはちょっと驚いた。「あなたたち、どこから来たの？　マルサ・アラム（エジプト南東部の港町）？」

「いや……アル・クセイル」答えたのはジャッカルのアナビスだった。

「そのまえは砂漠にいました」少年が補う。

「砂漠ならここにもあるわよ」マリアムが言った。「街を出たところに」

「それなら、砂漠にどんな物が埋まってるか、よく知ってますよね」少年の悲しそうな目には、しかし強情さも宿っていた。「ぼくたち、浜で寝たっていいんです」

「追っぱらわれると思う。ネオムは、浮浪者をたたき出すもの。浮浪者は景観を損なうからよ」

「じゃあ別の方法を考えます」サレハが言った。

「あなた、交換できる物を本当に持ってるの?」

サレハは袋を胸に抱きしめた。

「持ってます」

「ちゃんと値がつく物を?」

「はい」

マリアムは腹を決めた。

「それなら明日、わたしがムフタールの店に連れて行ってあげる。彼が力になってくれるでしょう」

「ムフタールというのは?」少年が訊いた。

「珍しい機械や部品を売り買いしてる人」

サレハはうなずくと、初めてにっこり笑った。

「ありがとうございます」

なんの疑いも抱いていない少年の明るい笑顔を見て、マリアムはたじろいだ。

「今夜は、わたしのアパートに泊まればいい」うっかりこう言ってしまったあと、彼女が思い出したのは、王様と名馬の物語だった。昔むかし、ひとりの貧しい流浪民《ベドウィン》が、アラビアでいちばん優れた競走馬を育てていた。風のように速いその馬の評判は、半島じゅうに響きわたり、とうとう王様がみずから確かめに行くことになった。王様はそのベドウィンを訪ねるため長い旅をし、ベドウィンは、古来のしきたりに従って王様が快適に過ごせるよう気をつかいながら、最高の肉を供した。三日つづいた神聖な歓迎の宴が終わったとき、王様は初めて訪問の用向きを告げた。おまえの名高き駿馬《しゅんめ》を見に来たのだ、と。

それを聞いてベドウィンは泣き崩れた。貧しい彼には、王様に召しあがっていただく食材が準備できなかったので、歓迎のご馳走《ちそう》として自分の馬を潰していたのだ。

「ついてらっしゃい」と言いながら、これは失敗だったかもしれないとマリアムは思った。見ず知らずの人はもとより、彼女が自宅に他人を招き入れることなど、まずなかった。ましてついさっきの彼女は、孤独がもたらす安らぎについて考えるという、稀《まれ》な時間を過ごしていたのだ。

マリアムはジャッカルを見た。

「トイレのしつけは、できてるんでしょうね」

「クッションの上に……小便するようなまねはしない」舌をぺろっと出し、ジャッカルは答えた。

「うちには、クッションが少ししかないの」

「おや……それは残念だ」

泊めてやると言ったことを、マリアムは早くも後悔しはじめていた。

十五　帰還

　サレハとアナビスをエジプトから運んできたフェリーには、もうひとり乗客がいたのだが、少年とジャッカルが彼女に気づくことはなかった。

　自分の職業を、彼女は巧みに隠してきた。かつてナスと名のっていた時期もある彼女は、フェリーの甲板に立ち、海面を切り裂いて進む船首から後方に伸びる白い波を、じっと見ていた。久久の地球に、彼女は奇妙な違和感を覚えていた。

　たとえばこの重力。これに慣れるには、少し時間がかかった。自由落下の世界で長い年月を過ごした彼女は、地に足をつけるとはどういうことか、思い出さねばならなかった。とはいえ、それを船の上で思い出そうとしても、あまり意味はないだろう。だいたい、これを船と呼ぶのが間違いなのだ。水に浮かんで、ゆらゆら揺れているのだから。彼女が慣れ親しんできた船は、この古ぼけたフェリーとは似ても似つかなかった。彼女は、タイタンのポリポートを飛び立ったイブン・アル・ファリド号のことを考え、あの船上で初めて出遭《であ》った神秘の数々を思った。

　遠宇宙《アウター・システム》への旅。木星までたどり着くのに、一世紀近くかかってしまった。すでに彼女は本来の体を失っていたし、その次に得た体も消えていた。三つめの物理的な肉体が、どこにでもある移動式ポッドのなかで腐ってゆくなか、次の一世紀を仮想世界《ヴァーチャリティ》で安穏《あんのん》と生きたことは、なんとなく憶《おぼ》えている。そしてピクセル化されたフラクタルの夢を見ながら、世界が自分を忘れてくれる日を待った。

オリジナルのナスは死んだのだろうか？　もしそうなら、今の彼女は何者だ？　コピーか、クローンか、それとも亡霊か？　哲学的な疑問であり、でも死んだ哲学にかまけているひまなど、彼女にはまったくなかった。

彼女が好んだのは芸術《アート》だったし、最も壮麗なアートとは、マスメディアが全宇宙に広めてゆくテロリズムに内包された、計算ずくの無秩序《カオス》だった。

今にして思えば、ずいぶん青臭い考え方だ。けれども、どんなアーティストであれ、若いころの作品だけで批判されていいのだろうか？　自分は若気の過ちから学び、成長したのだと彼女は思いたかった。彼女は名前を変え、タイタンで数十年を過ごしながら、オールトの雲のなかで見た幻影の謎を解き、具現化してゆく作業を黙々とつづけた。完成した作品は各地のギャラリーで売られ、宇宙の果てに送られたものもあった。しかしどの作品も、いわば毒入りの聖杯だった。誰が所有していようと、その人をじわじわと殺していったのだから。

われながらバカなことをしたと、今になって思う。

若く高慢だった彼女は、死がすべてであると考えていた。歴史家とコレクターは、テラー・アートをひとつの文化運動と認識しているが、実際にテラー・アーティストと呼ばれた人はごくわずかで、それぞれの活動期間にも数十年から数世紀の隔たりがあった。たとえばナスが頭角を現わしたころ、ロヒニはすでに灰となっていた。マッド・ラッカーは地球人ですらなかった。そしてサンドヴァルのことを、ナスはただの狂人だと思っていた。真のアーティストとしてもテロリストとしても、彼女はサンドヴァルをまったく認めていなかった。

ナスが影響を受けたのは、ロヒニと彼女のジャカルタ事件における爆弾の設置方法《インスタレーション》だった。

ナス自身も忘れかけていたのだが、ダハブに仕掛けたあれは完全なコピー作品で、ロヒニの最高に美しいオリジナルを、半端に再現しただけのものだった。アートとテロリズムの両方を再定義したのが、ロヒニだった。もちろん後年、ナスも独自のスタイルを確立した。あの当時は絶えず戦争があったし、彼女は多忙だった。ネオム近傍の砂漠に残したあの作品も、充分に誇れるものだったけれど、最終的に分解され、二度と世に出ないよう埋められてしまった。

　ところがその作品を、誰かが再発見したのである。

　若いころの彼女にとって、死はすべてだった。老いた今は、死がありふれたものであることをよく知っていた。あまりに多くの死を、彼女は見てきた。もはや昔のように、死が創作の動機になることはなかった。オールトの雲に棲《す》むかれらは、彼女の心を開き、彼女が新しく得た大脳のなかに新しい神経結合を生んでくれた。ところが、惑星数個分の大きさをもつかれらでさえ、自分たちがどこから来たか定かには知らなかった。もしかすると、タイタンにバッパーズを植えつけたのと同じ要領で、マッド・ラッカーがかれらの種を播《ま》いたのかもしれない。でなければ、もしエイリアンが本当に存在するとして、かれらもエイリアンなのだろう。しかしオールトの雲のなかのかれらは、むしろ分類外《アザーズ》に似ていた。思考はデジタルなのに、プロトコルが異星のものなので、カンバセーションには接続すらできなかった。そしてかれらは、ノイズを極端に嫌った。

　よけいなことを考えてしまった。今回の帰還は、かれらには関係ない。やり残した昔の仕事を、片づけに来ただけだ。

　のんびりした旅だった。エジプトからアラビア半島まで、海を渡るだけの旅。ナスは、ひとりの幼い少女を思い出した。建築途中の高層ビルの影の下で成長したあの少女は、彼女だったのか？　あのころのネオムには、埃《ほこり》っぽい道路と熱風、そして眠たげな空港しかなかった。あの少女が誰か、確信がもてなかった。彼女は遠い昔に、自分の記憶のほとんどを無数の宝石に封じ込め、撒《ま》き散らしてしまったからだ。

今のナスは、一個の肉体をまとった幽霊でしかなかった。

ようやくフェリーが着岸した。彼女は、下船して歩きはじめたあの少年とジャッカルが、ひとりの女と立ち話するのを見た。ジャッカルはどうでもいいけれど、少年のほうは、彼がダハブで拾った物を持ち歩いているかぎり、利用価値があった。

ナスは、かれらとは逆方向に歩きだした。

今の彼女にはなんの意味もない道路を、ただ歩きつづけた。かつての彼女は、それぞれの通りの名前を知っていたのだろうか？　無名科学者の像を通り過ぎ、たまごっちが一匹前を横切ったので踏みつぶし、前進をつづけた。ニネヴェを通過して郊外に入った彼女が足を止めたのは、街の灯が遠くなって吹く風が砂漠の風に変わり、砂塵《さじん》フィルターのモーター音が聞こえはじめる場所だった。

「アフラン・ワ・サフラン《こんにちは》、シャリフ」彼女は声をかけた。

「アフラン・ビキ《こんにちは》」いじっていた機械から顔をあげ、シャリフが答えた。「ご用件はなんです？」

「わたしよ」ナスが言った。

ナスが同じ言葉をヴァーチャリティの言語でくり返すと、シャリフの動きがぴたりと止まった。

「どうやって、ここがわかった？」ずいぶんたってから、シャリフが訊いた。

「あなたはひどい臭いを発しているもの。どんなイヌだって、簡単に見つけられる」

「わたしはもう足を洗ったのよ。ジョンバーズ・ポイント以降、なにもやってない」

「あのねシャリフ、引退なんかできないの」ナスが言った。「まだわかってなかった？　平和な時代というのは、次の戦争を待っている状態でしかない」

「それは違うでしょ」シャリフは言い返した。「変えられないのは過去だけであって、未来はわたしたちが作っていくものよ」

「なのにわたしたちは、まだここにいる」ナスが言った。

「あなた、紅茶を飲みたくない?」唐突にシャリフが訊いた。

「紅茶?」

「ええ」シャリフはうなずいた。「紅茶は憶えてる?」

「なんとなく」

「セージティーなんだけど」

「いただくわ」

立ちあがったシャリフは、かつてナスと名のっていた女に背を向け、てきぱきと茶を淹《い》れはじめた。ナスは、ふり返ったシャリフの手にナイフが握られていることを、なかば期待した。しかし、シャリフの歓待の身ぶりに嘘はなかった。

ナスは紅茶を少しだけ飲んでみた。奇妙な味だった。彼女が思い出したのは……いったいなにを、彼女は思い出したのだろう? こういう星空の下で、砂に座り、言葉にできない憧れに身を焦がした夜のことか? あのとき、彼女はとても若かったはずだ。初めて人を殺すのは、まだずっと先のことだった。願いがかない、あの星々を近くで見るのも、まだずっと先だった。

「ありがとう」ナスが言った。

「なぜお礼を?」

「紅茶を出してくれたから」

「ここに来たのは、わたしを殺すため？」シャリフが質問した。「もしそうなら、命乞いはしないけど」

ナスは首を横に振った。

「もう見たんでしょう？」彼女はシャリフに訊いた。

「あなたのゴールデンマンを？　見たわ」

「ここにあるの？」

ナスは心拍が速くなったことに気づいた。こんな興奮を、まだ感じることができたのだろうか？　不思議な気がした。オールトの雲に棲むかれらは、人間の感情など理解できなかった。人間と意思疎通する試みに着手したとき、すでにかれらは、あまりに多くのノードと肉体を破壊していた。あの静寂《クワイエチュード》（巻末『用語集』参照）どものため、ノードを作ってやるのには、たいへんな時間と忍耐が必要とされた。

「ここにはない」シャリフが答えた。

しかし、答え方が性急にすぎたらしい。ナスが立ちあがった。彼女は作業場になっているテントに入ってゆき、なかを見まわした。古びた金色の胴体と脚が二本、置いてあった。シャリフは、このロボットを改めて組み立てようとしていた。

「これがなにをやったか、あなたは知ってる？　あなたが生まれるまえの話だけど」ナスが質問した。

「あなたはこのロボットで、自分のアイデアを現実化した」シャリフは答えた。「だけど、それでおしまい。見てのとおり、もう動かないからよ」

「そうね」

「あなたが帰ってきたのは、このロボットを動かすため?」

ナスが考えこんだ。正直いって、自分でもよくわからなかった。ほかの多くの記憶と同様、帰ってきた理由も思い出せなくなっていたからだ。しかし今、彼女はここにいて、これからどうなるか見届けたいと思っていた。

「周囲の人たちには、どう説明してる?」ナスが話題を変えた。「あなたの経歴について」

「誰からも訊かれたことはない」シャリフは答えた。「わたしはただの機械工。お客さんは、わたしの技術を買ってくれてる」

「弟子としてのあなたは、最低だったのにね。あなたがこんなに長生きできたなんて、驚きだわ」

「あのね、戦争はとっくに終わってるの」シャリフが言い返した。「もう誰も戦っていない。あなたがやってきたようなアートは時代遅れだし、興味をもつのはひと握りのコレクターだけよ」

「ずいぶん手厳しいじゃない」ナスが眉をひそめた。「決して嘘ではないけど」

「ずっと元気だったの?」シャリフは当惑顔でナスの表情をうかがった。「なんにせよ、生きてるあなたに会えてよかった」

「わたしもよ」ナスはうなずくと、紅茶をひとくち飲んだ。「誰がこれを見つけた?」

「旧型のロボットが、この近くの砂漠で」

「旧型というと、大昔のあのタイプ? 人間型《ヒューマノイド》のポンコツ?」

「あなたは、あれが嫌いだったわね」シャリフが言った。

「好きになる理由が、ぜんぜんなかったからよ。統一性がなく、一体ごとにばらばらなんだもの」

「それがヒューマノイドというものでしょ」

だがナスは、すでに別のことを考えていた。旧型のロボットだったのか。どうりで大昔の警報装置が、一斉に作動したわけだ。彼女が帰ってきたのは、これが理由だったらしい。とはいうものの、もはや理由はどうでもよかった。やはりゴールデンマンは、あらゆるロボットを惹《ひ》きつけてしまうのだ。ロボットは道具だったし、彼女は道具をうまく利用してきた。

「あなたとは、また会うことになる」ナスが立ちあがった。

「でしょうね」シャリフが答えた。

「でもあなたは、わたしと会ったことを忘れてしまう」

「そうなの？」

ナスはシャリフの掌《てのひら》に、黒い小石をのせた。

「この石を握って」

「握るとどうなる？」

「いろんなものが見えてくる」

「ねえナス、わたしはすでに多くを見すぎているの。これ以上なにも見たくない」

ところがすでにその石は、シャリフにこう命じていた。おまえは黙っていればいい。ナスは、彼女の手から黒い小石をつまみあげた。シャリフは座ったまま目を見開いていたのだが、その目はなにも見ていなかった。

シャリフに気の毒なことをしたと、ナスは思うべきなのだろう。しかしそんな気持ちは、ほかのあらゆる感情と同じく、はるか昔にナスから失われていた。

「また会いましょう」ナスはこう言うと、歩き去っていった。

十六　大横断線《グレート・クロッシング》

オールトの雲のなかに、なにかが隠れているという噂は、ずいぶんまえから囁《ささや》かれていた。この噂はまず遠宇宙《アウター・システム》で広まり、徐々に伝播《でんぱ》していった。小惑星帯では、ぐずる子供を黙らせるために使われることもあった。しかし、近宇宙《イナー・システム》（巻末『用語集』参照）に散らばった各居住地の住人たちは、この噂にほとんど関心を示さなかった。火星と木星のあいだを走り、ふたつの宇宙を隔てる大横断線《グレート・クロッシング》（巻末『用語集』参照）を越えた先には、どっちみち変なやつしかいないと思われていたからだ。

イース（巻末『用語集』参照）と出遭《であ》ったときのナスは、すっかり落ちぶれた過去の人間だった。彼女は貨物船イブン・アル・ファリド号に乗り、ガニメデからタイタンのポリポートへ帰るため第二横断線《セカンド・クロッシング》を越えようとしていた。ファリド号はぼろぼろの老朽船だった。照明設備さえ、あちこちが壊れていた。船員用通路にはネズミだけでなく、逃げ出した迷える吸血鬼《ストリゴイ》（巻末『用語集』参照）やもっとひどいものが徘徊《はいかい》していた。乗客は完全に貨物として扱われた。空気と水と食料は提供されたものの、それだけだった。旅程は長く、船足は遅かった。時間を別にすると、ナスは無一物だった。

船員通路をうろつくストリゴイは、ナスに近づこうとしなかった。彼女のほうも、ああいうデータ・バンパイア（巻末『用語集』参照）にはなんの興味もなかった。もうずっと以前から、彼女は自分のノードに猛毒を仕込んでいた。でもあのころ、彼女が人を殺すことはめったになくなっていた。テロはアートであると宣言したのは、ロヒニだった。人でにぎわう市場で爆弾が炸裂《さくれつ》したとして、事件を拡散する者がおらず恐怖体験が広く共有されなかったとしたら、その爆弾は本当に爆発したと言えるのだろうか？　テラー・アーティストは、苦痛と死を絵の具、人間を絵筆としながら、恐怖体験をキャンバスに描いてゆく。ひどい喩《たと》えだと、ナスはいつも思っていた。でも実のところ、そのとおりだった。テロはメディアであると気づいたからこそ、テラー・アーティスト宣言が生まれ、その後のロヒニの作品が生まれたのだ。ナスは、別の道を歩むことにした。

ある日、ナスがイブン・アル・ファリド号の船外通路を歩いていると、イースに行く手をふさがれた。イースは長身の大男で、眼はどんよりと濁り体は腐りはじめていた。死をよく知るナスが見れば、すでに死んでいることは明白だった。にもかかわらず、この大男はまだ自力で立っていた。

「ねえ」ナスは彼に訊いた。「あなた、いったい何者なの？」

大男からの返事はなかった。口だけがもごもごと動いている。

「なにか言いたいわけ？　死んでるんでしょう？　ほんとに変な人ね」

彼女は死んだ大男に近づき、その口をこじ開けた。

「咬《か》みついたらだめよ」口を閉じようとする彼に、ナスは命じた。

歩く死体。非常に興味深かった。ナスは彼のうなじを調べた。皮膚を破ってノードが突き出ており、微小な球体と無数のフィラメントが神経系と脳に絡みついていた。ノードとしてはごく標準的なのだが、奇妙なコードを発振していた。壊れているらしい。その異様に金属的な味を、ナスは舌先で感じることができた。手を伸ばし、問題のノードにそっと触れてみた。

なにかが寄生していると気づいたときは、もう遅すぎた。この寄生体に与えられた名が〈イース〉であることを、ナスはあとから知った。アウター・システムで、そう呼ばれていたからだ。大男の死体を支配していたイースは、ナスの手が触れたことに気づくと彼女に注意を向け、小鳥のタマゴを飲むように彼女の心を飲み込んだあと、彼女の目にひとつの映像を見せた。

オールトの雲のなかで、巻きひげ状の巨大な雲がいくつもうごめいていた。それぞれが惑星数個分の大きさをもち、彼方《かなた》の星の光を黒々と遮りながら、太陽系の最も遠い端に隠れていた。ナスは戦慄した。この巨大な雲の集団に、畏怖の念さえ覚えた。

「誰があなたたちをつくったの?」彼女は問いかけてみた。

肩をすくめる気配がした。かれら自身も知らなかったし、気にもしていなかった。そしてかれらは、彼女の心のなかへ無造作に手を伸ばしてきた。


おかげでタイタンに到着したときのナスは、別人になったような気がしていた。すでに彼女は、自分の記憶を大量に抜き出し、地球と火星で捨てていた。子供時代の記憶のほとんどが、きれいになくなっていた。失われた過去は数十年分におよんだ。

ドームで覆われたポリポートの夜は熱帯のようにむし暑く、そのなかでナスは、かつての自分の断片を見つけようとした。あのころ、タイタンでは九十億の地獄と消えた小惑星カルコサ(巻末『用語集』参照)の物語が、さかんに語られていた。黒のニルティ率いる海賊団がクラーケン海を支配しており、カンバセーションに棲《す》む分類外《アザーズ》たちは、オールトの雲に隠れている謎の存在とかれらの静寂《クワイエチユード》を相手に、冷たい戦争を戦っていた。それは、ナスには理解できない戦争だった。

彼女は雑多な仕事をこなした。バッパーの遺物を狩り集め、ニルティに襲われないよう貨物船を護衛し、飼育用水槽や水耕農園のなかで働き、絵を描いた。太陽系を離れ、ほかの星系を探して旅立つ移民運搬船（巻末『用語集』参照）に乗ってみようと、考えたこともあった。しかし、彼女はあまりに多くの過去を失っており、今こうしてタイタンにいる自分が何者かも、まだよくわかっていなかった。

「たぶんあなたたちは、寂しいんでしょうね」オールトの雲に棲む惑星数個分の大きさをもつ存在に向かって、彼女は囁いた。そしてかれらの姿を、夢中で絵に描いた。ポリポートの街の壁に、奇妙な絵が次々に出現した。「わたしも寂しい。だからもう一度、故郷に帰りたいの」

　その気持ちは少しずつ強くなっていった。闇に潜むものたちは、宇宙の果ての隠れ家から彼女に語りかけていたが、もはや彼女は聞く耳をもたなかった。

「わたしはナスという人間だった」彼女はかれらに告げた。「かつてのわたしは、地球の青い空の下で生まれた子供だった。ごめんなさい。やっぱりわたしは、地球に帰る」

　かれらの物語を忘れないよう、彼女は小惑星のかけらを荷物に加えた。第二横断線《セカンド・クロッシング》を越えるころには、かれらの声も小さくなってしまい、大横断線《グレート・クロッシング》を過ぎたところで、彼女は自分が再び太陽に近づいたことを実感した。すでにオールトの雲のなかのものたちは、太陽の光と熱から、遥《はる》かに遠く隔てられていた。

　またしてもナスは、自分が変わったことに気づいたのだが、どこがどう変化したのかわからなかった。きっかけは、地球で古い警報装置がいきなり作動し、月に隠しておいたサーバーに接続したことだった。サーバーは受け取った情報をパケット化し、ナスのノードに届くまで、イナー・システムに配置されたすべての反射鏡《スペースミラー》とハブに飛ばしつづけた。

　ナスはゲートウェイに急ぎ、地球に降下して澄んだ空気を再び呼吸した。

十七　休息の時間

「ほかに欲しいものはある？」マリアムが訊いた。

彼女が狭いリビングの床に敷いたマットレスの上で、サレハは薄い毛布をかぶってもぞもぞしており、ジャッカルのアナビスは少年の横に寝そべっていた。

サレハはマリアムを見あげると、恥ずかしそうな笑みを浮かべた。「もう充分すぎるくらいです。ありがとうございます」

ジャッカルの眼はうつろだった。カンバセーション経由で、なにかにアクセスしているらしい。マリアムはかれらをそのままにして、バルコニーに出た。このアパートに住めたのは、本当にラッキーだった。火星では、すべての人間が小さなポッドに詰め込まれているという話を、彼女は聞いたことがあった。小惑星帯の人たちが住んでいるのは、寮のような集合住宅だ。それを思えば、これだけの空間があるのは贅沢《ぜいたく》といえよう。

生前、彼女の父親は地上を離れ、海底都市で新たな生活をはじめたいとよく語っていた。その話をするのは、トラック運送の仕事から帰ってきたときが多く、顔は砂漠の熱い風で干からび、体からは砂とオイルと汗の臭いが立ち昇っていた。父親は幼いマリアムを膝にのせ、海上プラットフォームと螺旋《らせん》降下塔、イルカや深海のイカといった生き物、潜水艦に乗って海溝から海溝へと旅する海中流浪民《ウオーター・ベドウイン》の話を語って聞かせた。砂漠での暮らしを運命づけられていた父親は、海が大好きだった。
にもかかわらず、紅海に人間の居住地はひとつもなかった。海のなかが、大海獣《リヴァイアサン》のような生物兵器、要塞化された珊瑚《さんご》の群生地、謎の巨大肉塊《グロブスター》といった戦争の遺物で溢《あふ》れかえっていたからだ。おまけに海底では、ＡＩを搭載した沈底機雷が、危険な夢を見つづけていた。やがて父親は路上の事故で死に、マリアムは彼の夢について考える暇がなくなった。彼女は、父親に代わって働きはじめた。

マリアムはバルコニーから街を眺めた。海は遠かった。空気は熱く乾燥しており、静かだった。変化の兆しとなるような嵐が来ることを、彼女は願った。地球上のほかの都市では、雨や雪が降るし、稲光が空を切り裂く激しい雷雨もある。だが、この街にはなかった。ビルのあいだを、たくさんのドローンがハエのように飛んでいた。海は遠く、空には星がまたたき、貨物船が一隻、地球の低軌道に向かい上昇していった。

ふり向いて室内に視線を移すと、少年とジャッカルが熟睡していた。かれらはどんな経験をしてきたのだろう。リビングに戻り、少年に毛布をかけなおしてやった。少年はわずかに体を動かすと、ため息をもらした。キッチンで紅茶を淹《い》れ、自分の寝室に持っていった。

このアパートのなかでは、人びとがそれぞれの生活を営んでいた。排水管のなかを、水がごぼごぼと音をたてて落ちてゆき、壁の向こうでは隣人が歌を歌い、赤ん坊の泣き声、イヌが吠《ほ》える声、窓の外で啼《な》くカモメの声が聞こえた。この地区から少し離れたところには、人びとが買い物や食事を楽しみ、散歩やジョギングやダンスで汗を流し、愛し合ったり喧嘩《けんか》したりしているネオムの市街があった。ネオムの街を一歩出れば、そこはもう不発弾《ＵＸＯ》が待ちかまえている砂漠だった。砂漠の向こうには別の世界があり、海の底や地球周回軌道上にも人間の住む町が散在していた。

周回軌道からさらに離れてゆくと、近宇宙《イナー・システム》の各拠点――ルナ・ポート（巻末『用語集』参照）、トン・ユン・シティ、ケレス・プライム、テレシコワ・ポート――があった。もっと太陽から遠ざかり、大横断線《グレート・クロッシング》を過ぎれば、イオ、ガニメデ、タイタンとつづき、その先はドラゴンの家（巻末『用語集』参照）、最終投棄場《ジエティスンド》、オールトの雲となって、あとは暗黒の宇宙が広がっているだけだった。そこになにがあるか、やがて知ることができるのは、太陽系から出てゆく長い旅を、今ものろのろとつづけている移民運搬船ぐらいだろう。

マリアムは眠りに落ち、星の夢を見た。

ナスは、昔はちゃんと名前まで憶《おぼ》えていたのに、今はきれいに忘れてしまった通りを歩いていた。この街のなかで、彼女はかつての自分を探そうとしているのだが、ネオムは新しさだけを追求して生まれた街だった。子供のころ慣れ親しんだ物が、なにか残っていないだろうか？　親からもらった名前さえ、ナスは忘れていたし、母親がどんな女性で、母と手をつないで市場《スーク》を歩き、チキンを買うのがどんな感じだったかも思い出せなかった。記憶の残影だけが、幽霊の足跡のようにうっすらと残っていた。もちろん実際に体験したかどうかは、もはや確かめようもない。

ナスは〈未来の繁栄〉広場に入っていった。街灯が輝き、子供たちが走りまわっていた。無名科学者の像の上から、一羽のハトが非難するような顔で彼女を見おろしていた。小さな女の子が近づいてきて、彼女の足をつついた。

「ねえ、おばさん」少女が言った。「おばさん、この人に似てる」

ナスは少し驚きながら、改めて無名科学者の像を見あげた。いかめしい顔をした女性が、研究用の白衣を着て石の台座に立ち、なにかを見ていた。しかし瞳が刻まれていないため、なにを注視しているかわからず、ナスはそこが気に入らなかったのだが、像と自分がまったく似ていないことだけは確かめられた。

「ねえおばさん」少女はまだそこにいた。「おばさん、宇宙から来たの?」

「なんですって?」ナスは訊き返した。

「わたしも宇宙に行きたい」ナスの問いかけを無視して、少女がつづけた。可愛《かわい》げのない子供だった。一瞬、カエルに変えてやりたくなったが、今の彼女の力では難しかったし、この子のベビーシッターが困るだろう。あたりを見まわしたけれど、それらしい人はいなかった。こんな子を野放しにしたら、他人に迷惑をかけるだけではないか。ナスはあきれた。

「宇宙は、すごく寒いところなんだけどな」ナスは少女に言ってやった。

「なかにいれば大丈夫」少女が言い返した。

「なんのなかに?」

「宇宙船とか、宇宙服とか」反論の余地がない答だった。

「あなたのお母さんはどこ?」

少女はナスをじろりと見た。「おばさんには関係ないでしょ」彼女はナスに向かって舌を突き出すと、走って逃げていった。

むっとしたナスは、昆明《クンミン》ヒキガエル(巻末『用語集』参照)を思い出した。クンミン・ヒキガエルとは、毒をもつ巨大なカエルなのだが、遠いむかし同じ名前で呼ばれるギャング団があり、かれらは自分たちを、遺伝子操作によって本家のカエルそっくりの姿に改造していた。中国とラオスの国境に近いメコン川流域を拠点としていたこのギャング団と、ナスもかつて取り引きをしたことがあった。

無名科学者の像をもう一度見つめた。そして確信した。やはり自分とは、まったく似ていない。

再び歩きはじめた。

シムズ・シェルターは閉まっていた。小さなヴァーチャル生物たちが、足もとに集まってきたのを感じた。シェルター内に隠れているはずの一匹を探したのだが、見つからないので次に向かった。

かつて足しげく通った場所の、古い記憶が蘇《よみがえ》ってきた。ジブチ国立銀行のネオム支店は、まだ同じ場所に立っていた。ナスは店内に入ってゆき、昔と同じ本人認証を行なって地下の貸金庫室に下りた。彼女の貸金庫は、もとの場所にそのまま保管されていた。開けてみると、古いメモリー・ペンダント（巻末『用語集』参照）が入っていたので安心した。首にかけ、ペンダントを握りしめた。プラチナのネックレスに仕込まれた安物のクオーツが、彼女のノードに反応して熱を放ちはじめた。転送された記憶が、神経回路を新たに書き換えてゆくと――

幼い彼女が、アイスクリームを汚い砂の上に落とし、泣いていた。

ソファに座って『アセンブリーの連鎖』を観《み》ている彼女の隣には、母親の温かな影がにじんでいるのだが、彼女は母の名前も顔も思い出せず、蘇ってきたのはあのときの満足感と、スクリーンのなかの赤い砂浜で、ビューティフル・マハラニにキスしているジョニー・ノヴム（巻末『用語集』参照）の顔だけだった。

市壁は今にも破られそうで、徴集兵の彼女は市壁の内側で銃を握っており、彼女の分隊も一緒なのだが、巨大で恐ろしい化け物がいきなり頭を突っ込んできて、彼女たちが反応するまえに部下のひとりを呑み込んでしまい、その化け物が太く長い触角を振りまわすものだから、彼女は発砲をはじめると、大声でわめきながらありったけの銃弾を化け物に撃ち込んだ。

彼女は山奥の洞窟で、さまざまなパーツを使い、長い時間をかけて最初の爆弾を作りあげた。

数日後、黄昏《たそがれ》の光を浴びながらその爆弾が爆発したのを見て、驚きながらも彼女は思った。なんて美しいんだろう……

はっとして目を覚ました。ペンダントは再び冷たくなっていた。ナスはペンダントをしまうと、過去の自分をもっと発見するため銀行を出た。

遊歩道の古い防潮壁に、偽のレンガが一個はめ込まれていた。ナスはそのレンガの裏に隠しておいた秘密の小箱を取り出し、箱のなかにようやく母親の顔を見つけた。

「中立の者など、ここにはいない」

ナセルが引用したのは、マフムード・ダルウィーシュ（パレスチナを代表する詩人。一九四一〜二〇〇八）の詩の一節だった。

彼は自分の銃を点検した。怪訝《けげん》な顔でナセルを見たライラも、手もとの武器をチェックした。ふたりはパトカーに乗り込んだ。砂漠に向かう車中で、計器類をモニターしていたライラが報告した。

「今夜はＵＸＯどもがざわついてますね。港湾警察からも、リヴァイアサンが一頭、沖合のかなり深いところを移動しているという連絡が入りました」

「落ち着きをなくしているのは、やつらだけじゃない」ナセルがつぶやいた。

「なにか事件が起こりそうなんですか？」

「いや、ゴミを拾って歩くのに、飽き飽きしただけさ。騒音の問題を処理したり、ゴミ出しを手伝ったりする便利屋のように思われるのは、もううんざりだ。なんといってもわれわれは、警察《シュルタ》なんだからな。これって、大きな意味があるだろ？」

「ネオムでは、あまりないと思います」ライラが答えた。「だいたい、わたしたちが警官になったのは、楽ができるからじゃなかったですか？　安定した収入が得られるうえに、朝になれば自分のベッドに戻って寝られる。銃で撃たれたり、殉職したりする心配もない」

「ハビブは死にかけたけどな」ナセルは指摘した。

「あれは巡査部長が、彼をあの穴に引きずり込んだからですよ」

ふたりは黙り込んだ。前方を大きな影が横切ったのだが、ナセルが正体を確認するより早く、砂丘の陰に隠れてしまった。

「たしかにあれは、わたしの失敗だった」ナセルが言った。

「いえ、非難するつもりで言ったんじゃないんです。でも――」

「でも君が正しい」ナセルはつづけた。「わたしは君たちに、シュルタがやらなくてもいい仕事をやらせてしまった。あのロボットは、市内で穴を掘っていたわけではないのに」

「もしかして、まだつづきがあると思ってるんですね？」ライラは上司の顔をのぞき込んだ。

「なにを恐れているんですか？」

「自分でもわからない。わかっているのは、本物のシュルタが必要になる案件なのに、われわれでは力不足だということだけだ。だからせめてもう一度、あの穴を見ておきたい」

「見たってなにもありませんよ」

しかし、ライラはそれ以上反駁《はんばく》しなかった。なぜナセルは、突然これほどの無力感に襲われたのだろう？　われながら不思議だった。ライラの指摘は正しい。自分が警官になったのは、スリルや興奮を求めたからではなく、一日三回の食事と少しは貯金できるくらいの給料が欲しかったからだ。それのどこが悪い？　にもかかわらず、偶然マリアムと再会したあとに、あのロボットが現われたことで、彼のなかでなにかが変わった。ナセルは、それまでの自分を超えた人間になりたかった。

かれらは問題の穴に到着した。穴のなかでは、死んだ砂虫《サンドワーム》が腐食しはじめていた。三台のUXOが伸びあがり、接近してくるシュルタのパトカーを見ていた。ナセルとライラは車から降りた。だがUXOは、三台ともその場から動かなかった。

「下りるから手伝ってくれ」ナセルが言った。ライラは、彼を穴の底に下ろしていった。ナセルは体の震えを抑えた。ここには一度来ているではないか。再訪したいとは、まったく思っていなかったけれど。

彼は懐中電灯で穴のなかを照らした。それからゴーグルをつけ、周辺をヴァーチャル・スキャンした。なにもいないはずなのに、スナネズミに似た小さな生き物がさっと動いた。ナセルは身を硬くした。

「ここにおいで」静かに呼びかけてみた。「なにもしないから」

「どうしました？　なにか見つけたんですか？」穴の上からライラの声が降ってきた。

ナセルはその小さな生き物から目を離さず、待ちつづけた。相手は典型的なヴァーチャル生物だった。潤んだ大きな目で、ナセルを見ている。

「腹が減った」生き物が言葉を発した。「ハチドリは、死んだワームが好きじゃない」

「ハチドリとは誰のことだ？」混乱しながら、ナセルは訊いた。

スナネズミくらいの小さな生き物が、目をしばたたいた。その生き物は隠れていた砂のなかから飛び出すと、ナセルの腕を這《は》いのぼってきた。

「ハチドリは、腹が減っている」生き物がくり返した。

「おまえ、自分がハチドリだと思っているのか？」鳥を自称するネズミなど、ナセルは聞いたことも なかった。

「食べ物、持ってるか？」

「どういう食べ物が欲しいんだ？　おまえは、いったいなんだ？」

「わからない。腹が減った」

「どこから来た？」

「わからない。腹が減った」

「だから、なにを食べたいか言ってみろ」

「巡査部長？」上からライラが質問した。「そこに誰かいるんですか？」

「ああ。ヴァーチャル生物が一匹いる」

「なにも見えませんけど」

「いや、ほんとにいるんだ」

ライラがなにかつぶやいた。スナネズミのような生き物は、ナセルの腕にからみつき、笑顔らしきものを見せた。

「ハチドリの姿を、見ることはできない」

「へえ。それならいったいどうやって、おまえは自分を透明にしている？」ナセルが訊いた。

「わからない。腹が減った」

ナセルは嘆息した。

「ライラ、上げてくれ！」

穴の外に戻り、まっすぐ立ったナセルの全身を、ライラが調べていった。ナセルと異なり、彼女は完全にノード化されていた。「なにも見えませんね」不審そうに彼女が言った。「本当にいるんですか？」

「間違いないよ」

「であるなら、その生き物がなんであれ、ステルス機能を備えているんだと思います。やはり戦争の遺物でしょうか？　ＵＸＯの一種とか？」

「まさか。ヴァーチャル生物だぞ。遺物のわけないだろ？」

「ワームウイルス、トロイの木馬、なんらかのマルウェア……可能性は、いろいろあります」

「つまり、危険がない可能性もあるわけだ」

「でもそいつ、巡査部長には自分の姿を見せている」ライラが指摘した。「なぜでしょうね？　あの一件のあと、わたしはこの穴を徹底的にスキャンしました。怪しいものは、なにひとつなかった」

ナセルの肘の内側で丸くなっていた自称ハチドリが、大きな目で彼を見あげた。

「腹が減った……」

「引き上げよう」ナセルが言った。「街に戻れば、こいつの食べ物が見つかるかもしれない」

「シムズ・シェルターに訊いてみますか？」

「そうだな。行くぞ、チビちゃん」

小さな生き物は目を閉じると、たちまち眠ってしまった。その姿は、ナセルがゴーグルを外すと同時に、まったく見えなくなった。

「巡査部長に発見されたのは、幸運だったかもしれませんね」ネオムに向かってパトカーを走らせながら、ライラが言った。

ほとんど上《うわ》の空で、ナセルはうなずいた。「たぶん、誰かのペットだったんだろう」彼はつぶやいた。

「ペットだとしたら、いったい誰の？」すかさずライラが訊いた。

ひどい頭痛を感じながら、シャリフは立ちあがった。酒を飲みすぎたのだろうか？　いいや、これは違う。彼女はバカではない。激しい怒りが、久々に込みあげてきた。

何者かが、彼女の頭をいじったのだ。

監視装置をチェックしても、ノイズしか記録されていなかった。彼女のカンバセーション空間に、爆弾が投げ込まれたらしい。

もしそうなら、誰がやった？

今のシャリフに、敵となるような人間の心あたりはなかった。全員がとっくに死んでいるからだ。となると、考えられるのは？

古い友人のひとり……

またしてもシャリフは、激しい怒りに駆られた。

あの女、なぜ今ごろおめおめ戻ってきた？　もう一度シャリフを、自分の仕事に巻きこむつもりなのか？

彼女はよろめきながら、作業場のテントに入っていった。水のボトルがあったので、がぶ飲みした。口をすすぎ、汚れた水を吐き捨てた。

作業台の上に、ばらばらのゴールデンマンが転がっていた。

シャリフは思った。これのため、戻ってきたのか？

ハンマーが目に入った。

そのハンマーで、ゴールデンマンを叩き壊したくなったが、やめておいた。

「ねえナス、あなた、自分のどんなところがいけないかわかってる？」声に出して言ったのは、ナスが聞いているかもしれないからだ。

「あなたはね、自分で思ってるほど優秀じゃないの」

シャリフはこう言うと、ハンマーを床に落とした。作業台の前に立ち、照明のスイッチを入れた。

「それでは、おまえが本当はなんなのか、確かめてやろう」

彼女はゴールデンマンを組み立てはじめた。


「おい……おい」アナビスが言った。「おいってば……」

毛布の下でサレハが寝返りを打ち、ジャッカルを押しのけた。「まだ着かないの？」眠そうな声だった。またしても少年は、宇宙の夢を見ていた。

「朝になったぞ」アナビスが言った。

サレハは起きあがり、目をこすった。彼が毛布から出て立ちあがり、バルコニーへ行くと、ジャッカルもあとにつづいた。

山から海に向かって、陽光が空を満たしてゆくなか、ひとりと一匹は遠くの海を見つめた。

十八　過去の遺物

目を覚ましたマリアムが、たとえ一瞬にしろ当惑してしまったのは、自分のアパートになぜ他人が寝ているか、理解できなかったからだ。でもすぐに、あの少年とジャッカルは彼女自身がゆうべ招き入れたこと、そしてかれらに、今日なにを約束したか思い出した。起きあがった彼女が寝室から出てゆくと、すでにかれらは目を覚ましており、期待と恥じらいが入り混じった複雑な面持《おもも》ちで、彼女を待っていた。少年の顔を見たマリアムは、つい気の毒になってしまったのだが、一日は二十四時間しかないし、彼女は常に現実的な考え方をする女性だったから、急いでコーヒーを淹《い》れるとフール・ミダミス（ソラマメのシチュー。エジプトの代表的な朝食）を手早く調理し、少年が昨日の残りのピタ（円盤状の中東のパン）と一緒に平らげてゆくのを、自分も食べながら見守った。ジャッカルが軽く頭を傾け、寄り目になりながらこっちをぼんやり見ていたので、なにをやっているのかと訊くと、獣らしく鼻をフンと鳴らしてこう答えた。

「カウント・ヴィクターが……たった今ジョニー・ノヴムに決闘を申し込んだ」

どうやらジャッカルも、体にノードさえ埋められていれば、火星産の連続ドラマを観《み》てしまうらしい。

朝食後、マリアムは少年とジャッカルを連れて街に出てゆき、少し歩いてムフタールの特選中古機器バザールに到着した。すでに仕事をはじめていたムフタールは、マリアムが店に入ってゆくと顔をあげ、彼女が連れてきた少年とジャッカルを興味深そうにじろじろ見た。

「この子はサレハ」マリアムが少年を紹介した。

ムフタールは大真面目な顔でサレハと握手し、それから彼の連れに視線を移した。

「で、こいつは？」ムフタールがマリアムに訊いた。

「俺はアナビス」ジャッカルが答えた。

「しゃべれるのか！」

「ふん……見てわからなかったのかよ」

「これは失礼しました」ムフタールが詫《わ》びた。うかつな発言を、本気で恥じているらしい。「あなどるつもりはなかったのです。でも人間の言葉を話す砂漠のお客さんなんて、この店にはめったに来ないものでね」

アナビスはうなずいた。「じゃあしかたないか」

「なにかお飲みになりますか？　紅茶はいかがです？」ムフタールが訊いた。

「俺は……ここに来る途中でネズミを一匹食ってきた」こう言うとアナビスは、舌をだらんと出してみせた。

「紅茶はありがたいですね。いただきます」サレハが礼を言った。

支度をするためムフタールが奥に引っ込んだ。でもすぐに、紅茶とビスケットをトレイに載せて戻ってきた。

「で、ご用件は？」全員が座ったところで、ムフタールが訊いた。

「ぼく、珍しい物を持ってるんです」サレハは袋のなかから、例の容器を取り出した。

「拝見していいですか？」ムフタールは、慎重な手つきでその容器をサレハから受け取り、ためつすがめつ眺めた。「もしかして、時間膨張爆弾?」ようやくムフタールが口を開いた。心の底から感心しているようだった。客の前でこれほどあからさまに驚いている彼を、マリアムは見たことがなかった。

「ダハブで見つけました」サレハが言った。

「シナイ砂漠のダハブで?　ということは、テラー・アーティストの作品?」急にムフタールの表情が曇った。「そうですか。でもそうなると……」

「もちろん中身は空《から》っぽです」あわててサレハが言い添えた。

「やれやれ」ムフタールは首を振った。「空っぽだと言われて買ったのに、爆発したり火を噴いたりした兵器がいくつあったことか、多すぎて数えきれませんよ。兵器なんてどれも、チェーホフの銃と同じなんです。わかるでしょう?（チェーホフの銃とは、ロシアの作家チェーホフが唱えた「芝居の第一幕で銃が出てきたら、第二幕では必ず発砲されなければいけない」という作劇術に関する箴言）」

　アナビスがうなずいた。

　でもサレハは、「はあ」と言っただけだった。

　ムフタールがゴーグルをつけた。

「ちょっと詳しく調べてみます」

「買ってくれるんですか?」サレハとアナビスは、期待に満ちた視線を交わした。

　ムフタールは困ったような顔をした。

「もちろん適切なコレクターさえ見つかれば、テラー・アーティストの作品は高く売れます。しかし、コレクターというのは変人ばかりでね。なかには厭《いや》なやつもいる。おまけにコレクターの市場は、とても小さい」彼は目の前に表示されるデータを読みながら、ゴーグル越しにサレハたちをちらっと見た。「そうは言っても、もしコレクターがいなかったら、ほかに誰が買ってくれるでしょう？」

「さあ、わかりません」サレハは困惑しながら答えた。

ムフタールが眉をひそめた。「スキャナーが正常に動作しない。最近これに、なにか手を加えましたか？　どうやら、中身が入っているらしい」

この発見は、彼を大いに喜ばせたようだった。

「中身が入ってる？」急に不安を覚え、マリアムが質問した。「中身って、なんなの？」

「ミニチュアのブラックホールだろうな」ムフタールは答えた。「この種の爆弾は、それが標準だ」

マリアムは重ねて訊いた。「なぜブラックホールが、そんな容器に入るのよ？」

「ブラックホールといっても、ごく小さなものだよ」ムフタールが言った。そんなに軽く言っていいのかと、マリアムは思った。「とにかく、もし本当にそうなら、わたしたちはふたつの新たな問題を抱えることになる」

アナビスが唸《うな》り声をあげた。明らかにこのジャッカルは、安全面よりも高値で売れるかどうかを気にしていた。

「その問題というのは……なんだ？」アナビスが訊いた。

「まず第一に」ムフタールは難しい顔をした。「わたしはあなたたちに、これの価値に見合った買い値を提示することができません。申しわけないが、そんな大金、ここにはないからです。そしてふたつめの問題が、これをあなたたちから購入することは、どっちみちできない、ということ。ネオムでは、なにが合法かという基準そのものが流動的で、それがわたしたちの自慢でもあるんですが、この街のゆるい基準に照らしても、こいつはやばすぎましてね」

少年はうつむいた。ジャッカルは、ひときわ大きな唸り声をあげた。

「しかしながら」ムフタールは淀《よど》みなくつづけた。「今わたしが進めている仕事のなかに、この種の部品を緊急に必要としているものが、ひとつだけあるんです。もしその仕事に、これを純粋な修理部品として使用するのであれば、違法とはみなされないでしょう。ましてあなたたちが、これをわたしに――なんていうか――貸与してくださるなら、問題はまったくありません。むしろんその場合は、修理を終えた商品が売れた時点で、喜んでコンサルタント料をお支払いしますよ」

「それって、いくらになります？」サレハが訊いた。「ぼくが火星に行けるぐらいでないと、困るんですが」

「俺も一緒だ」アナビスが言い添えた。「俺はこいつのパートナーだからな」

「あなたたちが火星へ行っても、たっぷりお釣りがくる程度の金額になるでしょう。もちろん売れればの話です。そしてそのまえに、うまく修理を終えなければいけない。こういう条件で、納得してくれますか？」

少年とジャッカルは顔を見合わせた。

アナビスがうなずいた。

「わかりました」サレハが答えた。

「けっこう」ムフタールはサレハと握手してから、アナビスの前足を手に取った。「マリアム、今すぐシャリフを、ここに呼べるかな？」

「やってみる」マリアムはこう答え、店の前の通りを確認した。小柄な女性がひとり、大きな箱が載った台車を押しながら、決然たる足取りでこちらに向かってくるのが見えた。

マリアムは入り口脇のボタンを押し、ドアのロックを解除した。

「こんにちは、シャリフ」入ってきた女性に、マリアムが挨拶した。

「ちゃんと修理したからね」額に汗を浮かべたシャリフの目は、昨夜一睡もしなかったかのように瞳孔が開いていた。「新品同様になったよ。いま見せる」

マリアムは彼女の話しぶりを聞いて、この人、本当はすごく怒っているのではないかと疑った。

シャリフは大きな箱を床に下ろすと、蓋を取った。

箱のなかに、ゴールデンマンが横たわっていた。

マリアムは目を奪われた。あの古ぼけたロボットが、本当に新品同様になっていたからだ。金属の表面が輝いていた。ばらばらだった手足も、完全につながっていた。

ジャッカルが口を開き、声なき遠吠《とおぼ》えをあげた。

「なんですか、これ？」サレハが訊いた。

「さっき話したもうひとつの仕事です」ムフタールが答えた。「これもまた、たいへんな貴重品でしてね」

サレハはうっとりした表情でゴールデンマンを見つめ、アナビスは少年の腋《わき》の下にこそこそと頭を押し込んだ。

「すごく厭な感じがする……」アナビスがつぶやいた。

「動くんですか？」サレハはムフタールを見た。

「さあ、どうでしょう」ムフタールはこう言うと、今や本当に怒っているかのような顔をしているシャリフに、時間膨張爆弾の容器を手わたした。

「こんな物、いったいどこで手に入れた？」気色ばんでシャリフが訊いた。

「この子が持ってきたんだ。自分で見つけたと言ってる」

「見つけた？　中身も入ってるの？」

「ああ」ムフタールはうなずいた。「入っているらしい」

「なのにあなたは、平気な顔をしてるわけ？　奇妙だと思わなかった？」

ちょっと考えてから、ムフタールは答えた。

「奇妙と言えば、たしかに奇妙かもしれない。でもここはネオムだからな。なにを気にする必要がある？　おまけにこれは、わたしが請け負った仕事だ。こいつが動いてくれないと、わたしも君も金をもらえない」

「いいえ、わたしは金を払ってもらう」険しい声でシャリフが言った。「こいつが動こうと動くまいと、わたしは修理代をいただく。そしてこいつが、ニュー・プントと同じようにこの街を消してしまうまえに、ネオムから逃げ出す。だってこいつのうしろには、あの女がいるんだもの。すでにナスは、地球に戻ってきている」

「そのとおりです」新たな声が割り込んできた。ふり返ったマリアムは、彼女たちが話をしているあいだに、音もなく入ってきたあのロボットがそこに立っているのを見ても、さほど驚きを感じなかった。さっき彼女は、入り口のドアを間違いなく施錠した。でも通常の電子ロックなど、このロボットは簡単に破ってしまえるらしい。

「わたしも、彼女はすでに地球に戻っていると思います」ロボットが静かに言った。「そして彼女は、独特のやり方で自己主張をする」

「あなたがこの仕事の依頼主？」シャリフがロボットに訊いた。「あなたの噂なら、聞いたことがある」

「わたしもあなたの噂を、いろいろ聞いています」ロボットが言い返した。

ふたりは、しばらくのあいだ睨《にら》みあった。

「わたしは、ニュー・プントの一件にはかかわっていない」シャリフが言った。

「しかし、これを作る彼女の手伝いをしました」

「この金色の化け物を？」シャリフの声が大きくなった。「わたしは手伝っていない！　わたしはあなたたちと違って、これと完全に無関係だったし、あなたたちはみんな――」

「だけど彼女の弟子だったことは、否定しませんよね。ゴールデンマンが蘇《よみがえ》ったとして、彼女の弟子であるあなたは、なにが起きると思いますか？」

「なにも起こらないでしょうね。だってこれは、なんの役にも立たない過去の遺物だもの。昔からそう思っていた。二流の作品だし、サンドヴァルの『アースライズ』とは比べ物にならない。それにこれが作られたとき、わたしはまだ生まれていなかった」

「彼の心臓を、もとに戻してやってください」ロボットが言った。「魂のほうは、わたしが戻しますので」

シャリフは小声で悪態をつくと、肩をすくめた。

「ナスがそれを求めているのね」

「いいえ。わたしが求めているのです」ロボットは強調した。

「でもこいつの息の根を止めたのは、あなただったんでしょう？」シャリフはロボットに詰めよった。「そしてあなたが、あの砂漠に埋めた」

この質問に、ロボットは答えなかった。

「彼を直せないんですか？」答える代わりに、ロボットはシャリフを挑発した。

「わたしはなんだって直せる！」

シャリフは、サレハが持ち込んだ容器を手に取った。それからゴールデンマンの脇にしゃがみ、なにかを微調整した。ゴールデンマンの金色の胸が開いた。

開いた胸に、シャリフは爆弾の容器を収めた。

マリアムは息を殺して待った。

「なにがはじまるんだろう？」誰に訊くともなく、サレハがつぶやいた。

シャリフが何歩かうしろに下がった。全員が、床の上のゴールデンマンを見つめた。マリアムは思った。まるで、安らかに眠ってるみたいだ。

最初はなにも起こらなかった。

やがてマリアムは、金色の体がわずかに動くのを見た。

十九　復　活

まず片脚、つづいて片腕がびくっと動いた。それから両目が開いた。マリアムはいぶかしく思った。なぜ今まで、自分はこの目に気づかなかったのだろう？　それくらい美しい目だった。ゴールデンマンに見つめられたマリアムは、相手の目のなかに温《ぬく》もりと優しさ、そして悲哀を感じ取った。彼女は急いで視線をそらした。

ゴールデンマンの体が輝きはじめた。

「内側から、ブラックホールに食べられたりしないのかな」マリアムはつぶやいた。

「それはないさ」ムフタールが言った。しかし彼も、明らかに半信半疑だった。

「ブラックホールが、彼の体を呑み込むことはありません」静かだが断固とした声で、ロボットが言った。「なにしろ、彼の動力源なのですから」

「いったいどんな種類のロボットが」マリアムは訊いてみた。「心臓部にブラックホールを必要とするの?」

「彼だけです」ロボットは答えた。

ゴールデンマンは横になったままだった。まだ起きあがる気はないらしい。

「君は生き返ったんだよ」と言いながら、ロボットはゴールデンマンの横に片膝をついた。そして彼の片手を取り、自分の両手で包んだ。

しかしゴールデンマンは、凝然《ぎょうぜん》と横たわっているだけだった。

「なぜなにも言わないんだ!」興奮と不安を抑えきれず、ムフタールが声をあげた。彼はシャリフの顔を見た。

「わたしを見てもはじまらないでしょ」シャリフが抗議した。「わたしはちゃんと修理したんだからね」

ロボットは、ゴールデンマンの頭をそっと撫《な》でた。ゴールデンマンの体が金色に光りはじめた。

「心臓は戻りましたが」ロボットがつぶやいた。「魂がまだです」

「ロボットなんだから……魂はないだろ」アナビスが言った。

「失礼なことを言うな」少年はジャッカルを叱った。

「失礼なものか……本当のことだ」

「彼にはあるのです」ロボットの口調は穏やかだった。「わたしはあちこち探して、やっと断片を見つけました。これだけで、うまくいけばいいのですが」

ロボットは、ゴールデンマンの顔の上にかがみ込んだ。それからゴールデンマンの口に、自分の口を近づけた。マリアムはムフタールからゴーグルを引ったくり、大急ぎで目にあてた。おかげで、ロボットの口からゴールデンマンに向かいなにかが落ちてゆくのを、かろうじて目撃することができた。そのなにかは、ゴールデンマンの顔の上で少しもがいたあと、口のなかに吸い込まれていった。

マリアムは、あの空想動物の保護施設《シエルター》のなかで、何世紀も人知れず育ってきた花のことを思い出した。本当は実在していないあの花は……

もしかして、この時を待っていたのか？　そう考えると少し悲しくなったのだが、なぜ悲しいのか、自分でもよくわからなかった。

ゴールデンマンがその美しい目を閉じた。彼の動きがぴたりと止まった。マリアムたちは、ただ待ちつづけた。

するとゴールデンマンの全身が、ひときわ明るく輝きはじめた。

両目が再び開いた。

その目が、かたわらでひざまずくロボットに向けられた。

その瞬間マリアムは感じた。あたかもゴールデンマンが、彼のまわりにだけ魔法をかけたかのようだった。マリアムのゴーグルのなかで、仮想世界《ヴァーチヤリティ》がゆがんでいったのだが、彼女はそのゆがみを、彼女自身の体のなかでも感じたのだ。

どういうことだろう？　なぜ自分は、こんなものを感じることができる？　この金色のロボットは、いったいなにをやった？

「おまえか」ゴールデンマンが遂《つい》に言葉を発した。

「わたしだ」ゴールデンマンの頬を撫でながら、ロボットが答えた。

「おまえが俺を呼び戻したのか？　こんなに長い時間がたってから？」

「そうだ」

「俺は死んでいた。俺の魂は、解き放たれていた。俺がなにを見てきたか、おまえにわかるか？」

「想像もできない」

「俺は、カンバセーション・ネットワークをすみずみまで漂った」ゴールデンマンは語りはじめた。「俺は粉々に砕け散り、増殖し、多くを学んだ。金星のテレシコワ・ポートの下に漂う酸性雲となって、一世紀を過ごした。雲の下に降りてからの俺は、リモート・マニピュレーターに操られラクシュミー高原を走りまわる機械になった。雲の都市に住む花を愛する老人の家で、窓台に置かれた鉢植えの花だったこともある。俺は氷を深く掘り下げてゆく探針であり、エウロパ（木星第二衛星）の深海を、名もない生物たちと一緒に泳ぎまわるサカナだった。タイタンのバッパーだったときには、黒のニルティの軍勢が、オールトの雲の外に広がる極寒の宇宙を体現したかのような闇を相手に、かれら自身にも理解できない戦いを挑むため集結しているのを見た。俺は火星に落ちてゆく氷の彗星《すいせい》だった。虚無のなかに響く叫び声、ケレスの星の上で共有された夢、タンナの島の峡谷を吹き抜ける風の囁《ささや》き、大横断線《グレート・クロッシング》を越えてゆく貨物船の船体に生えた汚ならしい藻だった。そして俺は、太陽の中心めがけて飛び込んでゆく炎の探査機になった。そんな世界から、なぜおまえは俺を呼び戻した？」

「知らなかったんだ」ロボットが弁解した。「わたしはただ、君がいなくて寂しかった」

「俺がいなくて寂しかった？」ゴールデンマンはこう言うと、急に起きあがった。金色の体表が、赤熱したかのように輝きを増した。あまりの眩《まぶ》しさに、マリアムは顔をそむけた。ゴールデンマンの全身から、熱が波動のように伝わってくるのを彼女は感じた。「おまえ、これから起きることに、覚悟はできているのか？」

「いいや」ロボットは答えた。

「前回はできていたよな。だからおまえは、俺をとめられた。最悪の事態を、おまえは防いだ。なのに今、どうなるかわからないまま俺を呼び戻した理由はなんだ？」

「状況が変わったからだ。戦争はもう終わっている」

「やつらが来るぞ」ゴールデンマンは警告した。「やつらをとめることなど、俺にはできない。俺は昔の俺のままで、変わっていないからだ」

ジャッカルが哀れっぽい声で鳴いた。「誰が来るんだろう」サレハは思わずつぶやいた。

「聞こえないのか？」ゴールデンマンが立ちあがった。その全身は、今や直視できないほど明るく燃えていた。「砂漠から、海から、永《なが》く待ちつづけていた隠れ場所から、やつらがぞろぞろ出てきている」

ゴールデンマンはロボットに向きなおると、こう言った。

「もう誰にもとめられない」

二十　巡礼

「今のはなんだったんでしょうね？」ライラが訊いた。

「え？」ナセルは訊き返した。

「今、なにかを感じたんです」

ナセルは計器盤を見た。彼は再びゴーグルをつけていた。あの穴のなかで拾った小さなヴァーチャル生物は、彼の手首にからみつき、ぐっすり眠っていた。すると突然、その生き物がアニメの目を大きく開き、キーキー啼《な》きはじめた。

「どうしたんだ、チビちゃん？」ナセルはつぶやいた。彼は改めて計器盤を確認した。どれもみな、異常が発生したことを示していた。

「巡査部長、いま誰に話しかけたんですか？」ライラはいぶかしげな目で彼を見た。

「ワームだ」彼女の質問に答えず、ナセルが言った。「ワームどもが、移動をはじめている」

「砂虫《サンドワーム》が？　この辺にワームなんか……危ない！」

突如かれらの正面に、特大の不発弾《UXO》が出現した。ライラは急ハンドルを切った。ヴァーチャル生物は興奮していっそう激しく啼き、かろうじて衝突を避けたパトカーが砂丘に突っ込んで停止すると、ライラが汚い言葉を吐いた。

「こいつ、いったいどこから現われたんだ？」ナセルが口走った。

彼に代わって、ライラが計器盤を見た。

「この周辺は、UXOだらけです」

「そんなバカなことがあるか」

「わたしが感じたのは、これだったんですね」

「なにがやつらを、こんなにおびえさせている？」困ったことに、それがなにか、ナセルはわかるような気がした。彼がパトカーから降りると、ライラもあとにつづいた。

「なあ、君！」ナセルは大声で呼びかけた。

彼はその特大のUXOを見あげ、わが目を疑った。

UXOといえば、戦車やブルドーザーのような箱形をしているのが普通である。なのに今、ナセルの目の前にいるのは……

恐ろしく巨大で不細工な、人間型《ヒューマノイド》だった。

非常に古いらしく、外板はすっかり砂色になっていた。それが保護色となって、砂漠の風景にほぼ溶け込んでいた。だが輪郭をよく見れば、その大きさは圧倒的で、恐怖を感じるほどだった。

高くそびえ立つロボットの頭部が回転し、ふたりの警官を見おろした。「なにか言ったか？」ロボットが訊いた。

「こんな怪物、どこに隠れていたんだろう？」ライラがつぶやいた。

「聞こえたぞ！　失礼なやつだ」

「ごめんなさい」ライラは素直に謝った。「わたしはただ、あなたがどこから来たのか、知りたいと思って」

「砂漠から来たのさ」

「それなら君は、いつからこの砂漠にいる？」ナセルが訊いた。長年パトロールをつづけているのに、これほど大型のＵＸＯを、彼は一度も確認したことがなかった。

「わからない」ロボットは答えた。「体内クロックが止まったままなんだ。たぶん、数百年まえからだろう。数年かもしれない。あまり違いはないよ」

「そのあいだずっと、なにをしていた？」今度はライラが質問した。

「別になにも。いろんなことを考えてた。夢も見たし」

「ロボットも夢を見るのか？」場違いな質問であることはわかっていたが、ナセルは訊かずにいられなかった。

「そりゃ見るさ」ロボットは平然と答えた。「あと、よぼよぼのウェブスターが砂絵（巻末『用語集』参照）を教えてくれたから、そっちも少しやってる。大昔から伝わる技法だよ。知ってるだろ」

「まさかＵＸＯが砂絵をやるなんて……」ナセルは啞然《あぜん》とした。

「あなたのことを、わたしたちは一度も見たことがなかったんだけど？」ライラが話題を変えた。

「だろうね。逆にぼくのほうは、君たちを何度も見ている。このへんを、しょっちゅう走りまわってるものな。ぼくが人間とかかわることは、ほとんどない。戦争が終わってから、ずっとそうだった。友だちも少しいたけれど、ぼくをここに残してみんな地球から出ていった。でも、かれらを責めることはできない。空の向こう《アップ・アンド・アウト》へ行くのに、この体は大きすぎるものな。もっと小さなボディに、意識だけ移植することもできただろう。だけどぼくは、この体でぼくなんだ。ところで、ぼくの名はエサウ。はじめまして」

「なにがはじめましてだ！」吐き捨てるようにナセルが言った。彼とライラは、あきれて顔を見合わせた。すると、エサウの背後にある砂丘を越えて、ほかのＵＸＯたちが幽霊のように出現し、こちらに向かって行進してきた。

このまま進めばどうなるか気づき、ナセルはぞっとした。

こいつら、ネオムに向かっている。

「おい！」ナセルは駆け出すと、近づいてくるＵＸＯたちの正面に立ち、両腕を激しく振った。

「止まれ！　こっちに来てはいけない！」

「巡査部長！　逃げてください！」ライラが大声で頼んだ。

「戻るんだ！」ナセルは叫びつづけた。「警察官として命令する！　今すぐ引き返せ！」

しかしＵＸＯたちの前進は止まらなかった。ナセルはその場に立ちすくんだ。意思をもつロボット型ＵＸＯの大群は、彼の目前に迫り、もはや走って逃げる余裕はなかった。

ナセルは両目を閉じた。

次の瞬間、なにかが彼の襟首《えりくび》をつかみ、そのまま高く持ちあげた。ナセルは悲鳴をあげた。

「この人、いつもこうなのか？」エサウがライラに訊いた。彼はナセルを自分の 掌《てのひら》 にのせた。

ライラは首を振り、「いつもではないけどね」と答えた。

「ふーん」エサウは彼をそっと地面の上におろした。

「さてと。ぼくとしては、もっと話をしてもいいんだが、一日中ここで立っているわけにもいかない。正直いって、ぼくも自分を抑えられないからだよ。おかしいだろ？　まるであの街のなかに、大きくて強力な磁石が出現し、ぼくの体を無理やり引っぱってるみたいなんだ。同じ気持ちになったことが、まえにも一度だけあって、あのときのことは忘れられないね。苦しいのに気持ちいいあの恍惚《こうこつ》感からは、絶対に逃れられない。ぼくは長いあいだ、半分死んだようになっていたけれど、今やっと完全な自分に戻れた。だからこれでお別れだ。握手したいけど、君たちの手は小さすぎるな。さよなら《マ・サラーマ》」

　これだけ言うと、巨大なヒューマノイドはＵＸＯの群れに合流し、街に向かって歩きはじめた。

「こんなことが、あってはいけないんだ」搾《しぼ》り出すような声で、ナセルが言った。「最悪の事態が起きたら、誰が真っ先に責任を問われると思う？　そう、わたしだ。わたしがやつらを、止めねばならなかった。それにしても、なぜやつらがネオムを攻撃しなければいけない？」

「わたしには、攻撃するようには見えないんですけど」通過してゆくＵＸＯたちを見ながら、ライラが言った。「危険なロボット型兵器なのに、みんなすごく穏やかです。まるで、巡礼の集団みたいに」

　ナセルはため息をついた。ネオムは毎年、ハジ（メッカへの巡礼）に参加する人びとでごった返し、その期間中はゴミの投げ捨てに対し大量の違反切符を切らねばならない。

「巡礼だとしたら」ナセルが言った。「なお悪いじゃないか」

「冗談はやめてください」ライラはパトカーに戻り、彼が乗るのを待った。「われわれは警察《シュルタ》です。治安を守るのがわれわれの仕事です。街の境界で、かれらを止められるかもしれません」

「あいつ、夢を見ると言ってたが、ロボットはどんな夢を見るんだろう？」助手席に座りながらナセルが言った。ライラは、アクセルを踏み込んでパトカーを急転回させると、砂と小石を後方に跳ね飛ばしながら街に向かい走りはじめた。

「さあ。自由になる夢じゃないですかね」彼女は答えた。

二十一　ネオムへ

「自分が小鳥の雛《ひな》になる夢を見たんだ」隣を歩いている仲間に、エサウは語りかけた。その仲間は、細長いバッタにそっくりの醜い姿をしていた。しかも両眼に、特大のメガネをかけていた。ロボットにとって、そんなおしゃれは無意味なのだが、わざわざ理由を訊《たず》ねるほどエサウは無作法ではなかった。「雛になったぼくが入っていたタマゴは、怪鳥《ロック》のタマゴみたいに大きかった」エサウはしゃべりつづけた。「なかは暖かく快適で、ぼくは幸せだった。そのうち殻が割れ、外に出ていくことはわかっていたんだが、ぼくはずっとあのままでいたかった。世界に飛び出したくなかったからだよ。なあニアマイア、この夢、どういう意味があると思う？」

「自信をもって言えるのは、まったくわからない、ということだけだ」彼の横を歩くバッタ形不《U》発《X》弾《O》が、しゃがれ声で答えた。

「きっと、ぼくたち全員が生まれ変わろうとしているんだね」嬉しそうにエサウが言った。「ぼくはまえまえから、もっと地味で小さなものになりたいと思っていた。たとえば火星のトースターだ。食べる人に喜びを与えるトーストを焼くのは、さぞ楽しいだろう。ぼくの親しい友人たちも、みんな火星に行ったし」

「火星に行った友だちがいないやつなんて、いやしないさ」ニアマイアが言った。

「そうだな。ぼくもそう思う」エサウはうなずいた。

かれらは、ネオムに向かって行進していた。

「君も感じてるだろ?」エサウが訊いた。

しかしニアマイアは、低く唸《うな》っただけだった。

「まえにこれと同じ感覚を味わったときのことは、よく憶《おぼ》えている」エサウはかまわずつづけた。「あれは絶対に忘れられない。ぼくたちが彼の存在を感じたあの日から、長い時間がたっているけれど、こうしているとつい昨日のことみたいだ。彼は帰ってきたんだ。予言されたとおりに」

「誰も予言なんかしてない」ニアマイアが言い返した。「俺としては、二度とこんな思いはしたくなかった。なあエサウ、おまえは彼を憎んでないのか? 彼を憎みながら、同時に求めているんだろう? 彼に逆らうことはできない。母親に呼ばれた子供みたいに、ふらふらと引き寄せられ、あとは従うだけだ」

「まあそういうことだな」エサウはあっさり同意した。「でもこれって、本当にすごいことだと思うよ。彼の精神が、ぼくに命を吹き込んでいるんだ。たぶん今回は、血と死で終わることはないだろう。今回はきっと……」

巨大なロボットは黙り込んだ。

かれらは、ネオムに向かって行進していた。

「あの警察《シュルタ》の男がまた来た」しばらくしてニアマイアが言った。エサウは、さっきのパトカーがUXOの大群を追い越そうとして、自分たちの横を通過してゆくのを見た。

「ずいぶん元気がいいな」エサウが言った。

「いっそのこと、シュルタが彼を壊してくれればいいのに」

「バカなこと言うんじゃない!」エサウは驚いた。

「いいや、言わせてもらう。俺はこんなこと、やりたくないんだ。好きで参加しているわけじゃない。しかし、呼ばれてしまった。ニュー・プントでなにがあったか、おまえも憶えているだろ？」

　エサウは両目を閉じた。

「憶えてるけど、思い出さないようにしている」

「ゴールデンマンに呼ばれ、俺たちは集まった」ニアマイアはつづけた。「彼の呼び声は、強力すぎるんだ。だから俺たちは、彼の意のままになってしまう」

「ゴールデンマンには、禁断の聖遷技術《ヒジュラテック》が使われているという話を、聞いたことがある」エサウが言った。「移民運搬船に乗ったことを後悔した人たちが棄《す》てられてゆく、最終投棄場《ジェティスンド》で培われた技術だ。あそこは太陽系のいちばん端で、まったくの無法地帯だから、かれらが恐ろしい新兵器を開発しているらしい」

「たしかに彼は兵器だ」ニアマイアはうなずいた。「これはおまえも、同意してくれるよな？」

「ああ。それは間違いない」ここでエサウはやっと目を開いた。「なのに彼の呼び声はとても優しく、魅力的だから、ぼくはどんな命令にも従いたくなってしまう」

「前回はそれが、破壊と死だった」

「なんにせよぼくらは、そのために設計されているけどね」

「だからといって、それが俺たちの性格まで決めるわけじゃない」ニアマイアは反論した。「たとえば俺は、昆虫を観察するのが大好きだ。甲虫《こうちゅう》のコレクションをずっとつづけている。そう、カブトムシやコガネムシだよ。チョウもときどき捕まえる。昆虫の体のメカニズムに、すごく興味があるからだ。集めた虫をよく調べ、整理しているだけで俺は幸せなのさ。なのにあの声が聞こえてきたとたん、俺はすべてを放り出し、歩きはじめてしまった。ゴールデンマンは殺され、埋められたと思っていたのに、なんで今ごろ――」

「そんな言い方をするな！」エサウが大声を出した。急に巨人が怒ったので驚いたらしく、ニアマイアはバッタの頭に似た砲塔を左右にきょろきょろ動かした。

「彼は彼だ。それでいいじゃないか」エサウは抗議した。

「よくないね」ニアマイアは冷たく応じた。「俺は彼を、信用してないもの」

「でも君は、ちゃんと感じている。街灯の光に集まる蛾《が》のように、花の蜜に引き寄せられるミツバチのように、新たな真理を見つけたと主張する怪しげな人物が現われるたび、つい反応してしまう人間たちのように、君も彼の呼び声に応えている。そういう力を、彼はもっているんだ」

「彼は大嘘《おおうそ》つきの偽預言者だよ」ニアマイアが言った。

「それでも君は、彼に惹《ひ》きつけられている」

「おまえ、彼のことを救世主だと思ってるのか？」こう訊いたニアマイアの声には、古ぼけた機械が発する危険なノイズが含まれていた。「もし彼が救世主なら、彼は俺たちをどこへ導いてくれる？　前回は死と破滅だった。彼はひとつの街を、地上から完全に消してしまった。もしあの暗殺用ロボットがいなければ、いったいどうなっていたことか――」

「あのロボットは、ぼくの親友だよ」誇らしげにエサウが言った。

「ならその親友は、なぜあんなことができた？　ゴールデンマンの圧倒的な力に、なぜ屈しなかった？　俺たちが無力だったとき、彼だけはゴールデンマンに立ち向かっていけた。俺たちが囚《とら》われているとき、彼だけが自由に動けた。なぜだ、エサウ？　おまえは理由を知っているんじゃないのか？」

「たぶんあのロボットが――あのロボットだけが、ゴールデンマンを本当に愛していたからだと思う。惹き寄せられたから愛したのではない。ゴールデンマンという存在そのものを、愛していたんだ。愛が彼を自由にした」

「そのせいで、彼はどれだけ大きな代償を払ったんだろうな?」ニアマイアが言った。「いちばん愛している相手を殺すんだから、むごい話だ」

「たしかに」エサウはうなずいた。

かれらは、ネオムに向かって行進していた。

二十二　愛　児

その声は、もちろんナスにも聞こえていた。

やはり現実だったか。

ゴールデンマンが、復活している。

なのに彼女がにこりともしなかったのは、この事態をどう受けとめればいいか、自分でもよくわかっていないからだ。

過去をふり返っても、テラー・アーティストが評価されたことはなかった。当然、展覧会など開かれるはずもない。再発見される作品も皆無だ。熱心なファンはいるけれど、かれらはただのコレクターにすぎなかった。関連する物品を集めるだけで、ろくに鑑賞もしないのだから。

ほんのときたま、テラー・アーティストに関する文章を公開する人が現われたし、本業の片手間に研究する学者も、少数ではあるが存在した。フォボス・スタジオがドラマ化したこともあったけれど、モデルになったのはロヒニだけで、おまけに製作されたのは一世紀以上もまえだった。そんな昔の番組について、それなりの知識がある人に意見を求めても、相手は肩をすくめるか顔をしかめる、あるいは聞こえなかったふりをするだけだろう。

テラー・アートは、高尚な芸術ではないからだ。

しかし、それがテラー・アートの本質でもあった。文字どおりの意味で、生身の肉体を使うアートなのだから。テラー・アートの世界では、ウィリアム・ブレイクの詩のように、宮殿の壁を流れ落ちる血さえもがひとつの作品になり得た（ブレイクは十八世紀イギリスの詩人。ここで言及されているのは代表作のひとつ『ロンドン』からの一節）。ナス自身も、伝染病のウイルスを改変する運動に参加してその変異ウイルスに罹患《りかん》し、命を落としたことがあった。少なくとも、伝説ではそう語り伝えられてきた。

要するに、当時でさえ彼女たちの作品は、アートと認められなかったのである。

今になって事情が変わったのだろうか？　彼女は再発見され、その作品が新しい世代に再評価されたのだろうか？　彼女は『ゴールデンマン／金属とデジタルのメディアミックス（制作年代不詳）』の作者として、名声を得ることになるのか？

ロボットたちの救世主。この着想をどこから得たか、彼女は憶《おぼ》えていなかった。背景にあったのは特定の戦争ではなく、次々と起きる一連の局地戦だった。当時の彼女は、やがて廃墟《はいきょ》となるネオムで、砂塵《さじん》のなか両親と一緒に暮らしていた。砂漠では敵味方のロボットが入り乱れ、いつ果てるともなく戦いつづけていた。

そのロボットたちを、彼女は哀れに思った。

そして考えた。プログラムのなかに、信仰を加えることはできないだろうか？　敬神の念をコード化したらどうなる？　ウイルスのように伝播《でんぱ》する宗教。発展し、拡散し、やがて薄れてゆく。病気や死、思想のように、宗教も遍在している。宗教は人間の一部だ。ロボットは、人間にどこまでも似せて作られるべきではないのか？

やってみる価値はあると、彼女は決断した。

彼女は、偽レンガの裏に隠しておいた秘密の小箱から、過去の記憶を取り出すことに長い時間を費やした。その小箱には、将来の自分のため、地球から逃げるまえに記録した当時のネオムが収められていた。現在の彼女はもはやナスではなく、ネオムに住んでいた幼い少女と、成長してテラー・アーティストになった若い女性と、経験を積んだのち宇宙へ脱出し、今こうして帰ってきた老女のすべてが融合した存在だった。だから少し混乱していた。かつての自分の名を、彼女は思い出した。母親も思い出した。風景は変わっているけれど、かつて歩いた通りもすべて思い出していた。

あのとき、これほど意義深い試みはないと確信した彼女は、町はずれの廃墟となった小さな工場に潜り込み、砂漠から砲弾が絶え間なく飛来するなか、レーザー溶接機を使って本体を組み上げた。うしろで束ねた髪を汗で濡らしながら、ハンマーで形を整えぴかぴかに磨きあげていると、本物のアーティストになったような気がした。汚れた手は、古い映画の登場人物がやっていたように、着ていたオーバーオールで拭った。

心臓部は入手が難しかったのだが、昔は彼女にもファンがいたので、かれらを使ってミニチュアのブラックホールを闇市で入手し、太陽系の果てからドローン・カプセルで送らせた。やっと到着したカプセルは、ネオム近傍の砂漠に落下した。回収に向かう途中で、彼女は激しい銃火にさらされてしまい、そのため気の毒に思いながらも、多くの不発弾《UXO》を殺さねばならなかった。

　こうして心臓は確保できたのだが……心のほうは、無から育ててやる必要があった。古い洞窟の奥に、密《ひそ》かに培養場を設置した彼女は、プロセッサーが稼働しているのを感知されないよう熱シールドを施したうえで、長時間の作業に取りかかった。分類外《アザーズ》どもが、現実世界でのボディガード代わりに〈アヨーディヤーの一族〉（巻末『用語集』参照）と呼ばれる集団を使い、デジタル生命体の密造を試みる者がいないか、目を光らせていたからだ。彼女は洞窟に身を潜め、培養サーバのなかで浮き沈みしながら変異し、進化し、融合するデジタル生命体を見守った。やがてなんとか使えそうなコードの塊が完成したので、すぐにコピーして新たなコマンド・セットに組み込み、さらに微調整をくり返しながら待ちつづけた。あたかも、たったひとり生き残った自分の子供に、永遠の命が与えられるのを願いつづけたメアリー・シェリー（小説『フランケンシュタイン』の作者。一七九七～一八五一）のように。

　あのころの彼女は、素晴らしく明敏で強い目的意識をもっていた。なぜあれほど夢中になれたのか、今となっては想像もつかない。命の創造にのめり込んだ彼女は、ほとんど眠らず、なにかが起きるのを待ちつづけた。子供が生まれるまえに、アヨーディヤーの一族が踏み込んでくるかもしれないし、あるいは市壁の外で果てしなくつづいている戦闘に、この街全体が蹂躙《じゅうりん》されるかもしれなかった。

　ゴールデンマンの体も、静かに待っていた。完璧なのに、うつろだった。

　そしてある日、ついに新たな生命が誕生した。

　その瞬間に自分がなにを感じるか、彼女は予想していなかった。少なくとも愛ではないと思っていたのに、大波のように押し寄せてきて彼女を圧倒したのは、愛だった。彼女の手で培養された心が起動し、彼女の子供、ゴールデンマンは起きあがった。

「お母さん?」この第一声を聞き、彼女の心がはじけた。

しかし彼女は、この愛を冷酷に削《そ》ぎ落とした。神経回路を探ってゴールデンマンに対する感情と記憶を摘出し、ヴィエンチャンや義烏《イーウー》の路上で売っているような安物のメモリー・ペンダントのなかに押し込んだ。それから、そこに愛情を隠したという記憶そのものを遮断したうえで、ペンダントを貸金庫に収めた。

かくも長い時間が経過したあとになって、自分がなにをやったか思い出したのも奇妙なら、望みもせず、歓迎もしたくないあの感情——愛——が蘇《よみがえ》ったのも奇妙だった。

ベツレヘムとメッカのどこか中間に位置するネオムは、富を生む代わりに信仰が失われてゆく未来都市だった。今その街のどこかで、彼女の子供は復活しており、彼女を必要としていた。

かつてナスと名のっていた女性は、深くため息をついた。頭が痛くなってきた。遠くのほうから、ロボットの大群がこちらに向かってくるのがわかった。

ナスは彼女の子供と会うため、懐かしい道を歩きはじめた。

二十三　愛ゆえに

そのとき街の反対側でも、以前マリアムからバラをもらったあのロボットが、過去をふり返っていた。彼はゴールデンマンを見つめ、その存在をひしひしと感じながら、ふたりが初めて出逢《であ》ったときのことを想起した。

終わりのない戦争のなかで、彼を含む戦闘用ロボットたちが、戦いに明け暮れていた遠い昔のことだ。すでに彼は、自分が何回死んだかわからなくなっていた。銃撃されて死に、爆破されて死に、地雷を踏み、大岩に潰され、怪鳥《ロック》に引き裂かれた。電磁パルスに射抜かれたことや、砂虫《サンドワーム》に噛《か》みちぎられたこともあったし、ロケットに激突し、宇宙に放り出され、大型重機に轢《ひ》かれて死んだこともあった。レーザーで焼かれ、ナノ粒子の沼に沈められ、ワームウイルス、トロイの木馬、マルウェアに感染し、ドローンについばまれ、流砂に落ち、深い坑道に落ち、超硬ブレードとナノワイヤーで切断され、スマート爆弾や無誘導爆弾の直撃を喰《く》らい、溶鉱炉や酸のプールで溶かされ、放射線を浴びせられた。

そうやって死ぬたびに、それまでの彼とそっくり同じロボットが戻ってきたのだが、どのバージョンも必ずアップグレードまたは改良されていたため、やがて彼は終わりなき闘争のなかで、完璧な殺人マシンへと進化していった。もちろん敵のほうも、研究と改良をくり返すことでこちらの戦闘力に対抗した。おのずと双方の兵器は、太陽系のあらゆる物体を破壊できるほど強力になったのだが、当然のことながら、たがいに決定的なダメージを与えることはできなかった。

気がつけば彼は、戦うことに倦《う》み疲れていた。しかし、彼はほかの生き方を知らなかった。砂漠をさまよう金色のロボットが、目の前に現われるまで。

奇妙なことに、金色のロボットは歩きながら歌っていた。

あの時点で、ゴールデンマンの吸引力はまださほど強くなかった。やっと感じられる程度の、不明瞭なものだった。にもかかわらず彼は、理由もわからないまま金色のロボットに惹《ひ》きつけられた。金色のロボットは彼の知らない歌を歌っていたのだが、そのメロディは彼の心を捉え、気持ちを昂《たか》ぶらせた。ひとことで言うなら、それは希望の歌だった。

彼と仲間たちは、それぞれの武器をゴールデンマンに向けた。彼のかたわらには、フォンドリーとジェンキンズ、タッソ、そしてエサウがいた。当時、かれらはまだ強い絆《きずな》で結ばれていた。どこへ行くのも一緒だった。そして一緒に、多くの奇妙なものを見てきた。しかし、これほど変なロボットに遭遇したことは、一度もなかった。

「止まれ！」フォンドリーが大声で命じた。

ゴールデンマンがふり返った。歌声がぴたりとやみ、そのとたん、バラのロボットの心は悲しみで閉ざされた。一般に、ロボットは悲しみを感じないと言われている。人間を模した機械にすぎないから、というのがその理由だ。実際、人間ではない物体に、人間固有の性質が備わっていると措定するのは誤りであろう。だがたとえそうであっても、人間と同じ姿に作られたロボットたちは、内面まで人間に近づこうと努力せずにいられなかった。そんなかれらを許し、親の服を着たがる幼児みたいなものだと言う人間も、一部にはいた。

「やあ、みなさん」ちょっと散歩していたかのような軽い調子で、ゴールデンマンが挨拶した。

「あいつ、兵器の種類でいうとなんになるんだ？」ジェンキンズがつぶやいた。

「さあね」タッソが無愛想に答えた。「でも、兵器であることに違いはない」

かれらはゴールデンマンを熟視した。

外観は普通のロボットだった。形状は人間型《ヒューマノイド》で金色に塗られており、なのにバラのロボットが何度スキャンしても、表示される結果は彼を混乱させた。なにしろ金色の胴体のコア部分に、重力の特異点《シンギュラリティ》がシールドされているように見えるのだ。でもそんなこと、絶対にあり得なかった。シンギュラリティを兵器として使うことは、戦争に参加しているすべての勢力があえて避けており、それには自明の理由があった。

「なあ君」バラのロボットが声をかけた。

「なんだ?」ゴールデンマンが言った。

「君は何者だ?」

こう質問されて、ゴールデンマンは少し考え込んだ。

「俺は……俺だ」ようやく答えた。「来いよ。俺と一緒に行きたくないか?」

「いいえ、わたしたちはついていかない!」とタッソが怒鳴り、小さな声でこうつづけた。「あいつ、壊れてるんじゃないの?」

「いいや、壊れてない」ゴールデンマンが言った。「俺は完成形だ。さあ、みんなついて来い」

彼は再び歌いはじめた。

その歌声は、細菌やウイルスのようにバラのロボットの心に入り込んでいった。そして彼の記憶と知覚を、がっちりと捉えた。歌声が与えてくれる快感に、彼は酔った。

ゴールデンマンの歌は、ここととはまったく違う別世界の幻影を彼に見せてくれた。戦争はすべて終わっており、ロボットたちはかれらにとって天国のような場所で平和に暮らしていた。そこにはきれいな燃料の川が流れ、木々にはメモリーの果実が生《な》り、澄みわたった空気のなか空で小鳥が啼《な》いていた。バラのロボットは、小鳥の囀《さえず》りが大好きだった。戦争は終わっているから、砲撃を受けたり、酸のプールで溶かされたり、サンドワームに嚙み殺されたりするロボットはもう一体もなかった。

不思議なことに、気がつくと彼はゴールデンマンのうしろを歩いていた。もっと不思議なことに、あのタッソを含む仲間の兵士たちも、彼と同じくゴールデンマンのあとにつづいていた。

五体のロボットはゴールデンマンのうしろを歩きながら歌を歌い、かれらの歌声は戦場の空高く昇ってゆき、敵の戦闘用ロボットたちの聴覚器官に届いた。

ゴールデンマンたちの行進は、曲がりくねった涸れ川《ワジ》を渡り山を越えながら、アラビア半島を横断していった。そして半島内のあらゆる土地から、ゴールデンマンと彼の夢みたいな約束に抗しがたく魅《み》せられて、ロボットと自律型兵器が集まってきた。

ゴールデンマンが究極の兵器であることに、バラのロボットは気づいていたのだが、ゴールデンマンをあの砂漠に放置したのは、戦争に参加している国や武装勢力のいずれでもなかった。結果的にゴールデンマンは、すべての陣営からロボットを集め、彼自身の軍隊を編成することになった。

それでもゴールデンマンは、独立した個人だった。彼自身の考えをもっており、彼自身の望みがあった。そしてバラのロボットは、少しずつゴールデンマンに心を寄せてゆくようになった。

ある日ふたりは、高い山の頂《いただき》にある洞窟の入り口で、腕をからませながら座っていた。ゴールデンマンがバラのロボットに訊いた。「おまえ、怖くないのか?」

「恐怖がどういうものなのか、わたしはよくわかっていないんだ」バラのロボットは答えた。

「そうか。それなら見せてやろう」ゴールデンマンは、彼の金属製の頬を優しく撫《な》でた。「この俺が、いったいなにを恐れているか」

ゴールデンマンの指から強烈な刺激が伝わり、バラのロボットの顔面を焼いた。バラのロボットの目が、眼下に広がる街を見た。隆盛を誇るその街は、自分たちが戦禍をこうむることはないと確信していた。

ニュー・プント。

黄金の街。

たくさんのタワーが、天を摩《ま》して優美にそびえ立っていた。夜空の下で、街の灯が明るく輝いていた。街路からは料理の匂いが立ち昇り、音楽と笑い声、生活の音が聞こえてきた。

ゴールデンマンが送り込む幻影のなかで、バラのロボットはこの街が炎上するのを見た。殺到してきたロボットの大軍に、踏みつぶされるのを見た。地上から、ソドムとゴモラのように消し去られるのを見た。ガラスとプラスチックはもちろん、一本の指の骨、頭蓋骨の破片、一個のレンガ、一本の鉄棒も残っていなかった。都市全体が跡形もなく砂に沈み、永遠に失われてしまった。

このとき初めて、バラのロボットは寒気を感じた。恐怖とはなにか理解した。それでも彼は、ゴールデンマンにこう言った。「もし君がわたしたちを導いてくれるのなら、わたしは君についていくだろう」

「バカ野郎！」彼の金色の恋人は大声をあげ、彼を突き飛ばした。それから深くうなだれた。

「すまなかった」ゴールデンマンが詫《わ》びた。「おまえならきっと、わかってくれると思ったんだ」

その瞬間、バラのロボットも彼がなにを求めているか察し、本当の恐怖がどのようなものか知った。

「だめだ。そんなこと、わたしに頼んではいけない」

「頼んでいるわけじゃないさ」ゴールデンマンが言った。

この件について、かれらが再び語りあうことはなかった。翌日ふたりはニュー・プントまで下りてゆき、バラのロボットは、前夜彼の見た幻影が現実の出来事だったことを知った。彼は深い絶望に沈んだ。

やらねばならないとわかっていても、彼にはできなかった。彼はゴールデンマンを愛していた。この金色の恋人を、彼は必要としていた。だから彼は、ゴールデンマンのあとをついていった。そしてその晩も、彼はゴールデンマンを追って砂漠の奥に入ってゆき、やるべきことをやったあと、亡骸《なきがら》を深い穴の底に横たえ、二度と掘り出すことはないと誓いながら、砂で埋めた。

朝の光が、砂漠をふらふらとさまようバラのロボットを照らし出した。やがて彼は、四体の仲間と再会した。戦争は終わっていた。

かれらは自由だった。

しかしバラのロボットに、もはや進むべき道はなかった。

二十四　呼び声

かれらは海から上がってきた。空から下りてくるものもいた。アラビア半島の山々から、砂漠から、かれらは集まってきた。紅海の海中では、大海獣《リヴァイアサン》たちがうごめいていた。いくつもの巨大な影が、海の底から上昇を開始した。航行していた全船舶の計器が、一斉に警報を発した。大波が起きた。その波は轟音《ごうおん》を伴いながら、波頭を白く煌《きら》めかせて狭い紅海の両岸に向かって走り、マルサ・アラムとネオムの岸辺にぶつかって砕けた。紅海を横断中だった定期フェリーはかろうじて転覆をまぬがれ、急いで港に引き返した。

リヴァイアサンが次々と海上に出現した。かれらの巨体の前では、貨物船も玩具《がんぐ》のように見えた。クルーズ船の船上では乗客が悲鳴をあげ、この情景をライブ配信する者もいた。体のあちこちで開閉しているリヴァイアサンの体表は海藻の緑色で、貝などの軟体動物でびっしり覆われていた。リヴァイアサンの体のあちこちで開閉している穴は目であり、口であり、何世紀も使われていない砲塔だった。

リヴァイアサンたちは、あの呼び声に応えるため浮上してきた。かれらはネオムに向かい泳ぎはじめた。

有機生命体の廃棄物である巨大肉塊《グロブスター》も、動きはじめていた。自律ガイダンス機能を備えたかれらは、数世紀のあいだ全身をぶるぶる震わせながら海上を漂い、船舶の通行を妨げただけでなく、誰も結果を求めていない計算を行なっては、0と1の夢を見つづけた。

そんなグロブスターも、あの呼び声を聞いた。

そして応えた。

かれらは生まれ変わるため、ネオムに向かって流れていった。

空からは怪鳥《ロック》だけでなく、バイオ翼竜《プテラノドン》と野生のドローンがやって来た。かれらは黒い雲となって空をふさいだ。第一地区に立つアル・キンディー・モスクの上を、一羽のロックが太陽の光を遮りながら飛び、通行人は自分たちを包む影の大きさに息を呑んだ。ネオムの上空にロックが飛来したのは、この数百年間で初めてのことだった。

野生のドローンはいくつかの群れに分かれ、群れごとに弧を描きながら飛びまわった。

海と空から現われたものたちは、砂漠のロボットや不発弾《UXO》が向かっている同じ場所をめざし、進みつづけた。

人類の戦争から生まれ、忘れられた機械たちは、ネオム市内第三地区、ムフタールの特選中古機器バザールに集まろうとしていた。

二十五　希　望

「じゃあわたしは、これで失礼させてもらう」シャリフが言った。「あとはよろしく」彼女がドアに向かって歩きはじめたとたん、同じドアからナセルとライラが駆け込んできた。

「おまえが騒ぎを起こすことは、最初からわかっていたんだ！」バラのロボットを指さしながら、ナセルが言った。「しかし、まさかこれほどとは」

「それは『死せる赤き火星の人』のなかで、エルヴィス・マンデーラがシヴァン・ショシャニム（どちらも巻末『用語集』参照）に言ったセリフですね」ロボットが指摘した。

「違う、『死せる赤き火星の人2』よ」マリアムが訂正した。まだ十代のころ、ニネヴェ地区のなかば水没したポッド・シアターで観《み》たこの作品を、彼女はよく憶《おぼ》えていた。クローヴと茹《ゆ》でたトウモロコシの匂いが漂い、最後列の席でカップルがいちゃついているような劇場だった。シヴァン・ショシャニムは、いつ見ても魅力的だった。彼女はまったく歳《とし》をとらなかった。フォボス・スタジオのスターたちが実は分類外《アザーズ》であり、デジタル生命体が人間の役を演じているだけだという噂であれば、マリアムも知っていた。にもかかわらず、ティーンエイジャーだった彼女は、エルヴィス・マンデーラに夢中になった。

「それでも名セリフであることに、変わりはありません」ロボットはナセルに向きなおると、気取った口調でこう言った。「〈愛ゆえにわたしは、こうするのよ〉」

「くだらない引用はやめろ！」げんなりしながらシャリフが言った。そのまま店を出た彼女が次にどこへ向かうのか、マリアムには見当もつかなかった。

なによりも、マリアムにはまだやるべき仕事が残っていた。

彼女はゴールデンマンとバラのロボットを見た。そして疲れを感じながら、こう言った。「こっちのロボットの修理代を、まだもらってないんだけど」

「わかってます」バラのロボットが答えた。彼が差し出した小さなディスクを、マリアムは受け取った。

「これだけあれば、充分だと思います」

「てことは、あなたたちの用事も、これで終わったわけだ」マリアムが言った。

ロボットはうなずいた。「そのようですね」少し残念そうだった。「いろいろと迷惑をかけて、すみませんでした」

「迷惑？」ナセルが言った。「おまえ、これがただの迷惑だと言うのか？」

「怒鳴らなくても聞こえます」

「この街は、包囲されつつあるんだぞ！」ナセルの声がいっそう大きくなった。「街の外で今なにが起きているか、おまえは知ってるか？　おまえにわかるか？　海からは、大海獣《リヴァイアサン》が上がってきている！　陸上では不発弾《UXO》の大群が街を取り囲んでいる！　なぜなのか、理由を説明してもらいたいね！」彼はバラのロボットを睨《にら》みつけた。

「今回は、まえとは違う」ゴールデンマンが口を開いた。

「なんだと？」

「あんた、手首になにを巻きつけてる?」ナセルに向かい、ゴールデンマンが逆に質問した。マリアムは目を凝らしたのだが、なにも見えなかった。

「さあ、なんだろうな」やや警戒しながら、ナセルは答えた。「砂漠で拾ったんだ」

マリアムはゴーグルをつけた。なるほどナセルの手首に、なにかがいた。小さくて奇妙なヴァーチャル生物だった。彼女を見る目が、悲しげにまたたいている。

「ああ、やっぱり……」ゴールデンマンがつぶやいた。「もらっていいか?」

ナセルは拒みたいようだったが、ゴールデンマンが手を伸ばすと、その生物は自分から彼の金色の掌《てのひら》の上にのそのそと移動した。

「やっと思い出したよ」優しく手を閉じながら、ゴールデンマンが言った。彼が再び手を開いたとき、小さな生物は消えていた。

「なにを思い出した?」バラのロボットが静かに訊《たず》ねた。彼がゴールデンマンの目をのぞき込むと、その機械の目にはひどく寂しげな色が浮かんでおり、横で見ていたマリアムまで少し胸が痛んだ。

「愛したことを、思い出した」自分でも驚いているかのような口調で、ゴールデンマンが答えた。

「俺は愛し、愛されていた」

ゴールデンマンはバラのロボットを抱き寄せ、金属製の唇を閉じて相手の唇に重ねた。鈴のように澄んだ音が、小さく響いた。

二体のロボットが顔を離したとき、世界は沈黙に包まれていた。

それからゴールデンマンは、歌を歌いはじめた。

マリアムの知らない歌だった。軽やかですがすがしく、喜びを感じさせるそのメロディは、現実世界のみならずカンバセーション空間にまで響きわたった。それは、希望の歌だった。

ムフタールの特選中古機器バザールから、街路に出ていったゴールデンマンの横には、バラのロボットがぴたりとついていた。

マリアムもかれらを追い、店を出て明るい日差しのなかに入っていった。

二十六　大　海

野生のドローンの大群が、筋状の雲となって空を飛びまわっていた。ネオムでいちばん高い建造物、アル＝トゥースィー・タワーの頂上で一羽の怪鳥《ロック》が高鳴きし、その声にあちこちの屋根にとまった兄弟姉妹が応えた。海では浮上した大海獣《リヴァイアサン》たちが、かれら独自の奇妙な声をあげていたのだが、その不気味に重い音は、恐怖で呆然としながらかれらを見る人間たちの骨を揺さぶった。

大昔の戦争が、とうとうネオムに到達したのだ。

人間はただ目を見開き、自分たちの運命が決せられるのを待っていた。

マリアムが通りを進んでゆくと、テクノロジーが生んだこの暴威の前でまったく無力な人びとが、彼女に合流しはじめた。ナセルは、マリアムの手を自分の両手で包んだ。彼の手は温かかった。マリアムは手の皮膚を通じて、彼の心臓の鼓動を感じた。

ゴールデンマンは歌いつづけ、頭上の電線にとまったヒヨドリが、さかんに嘴《くちばし》を動かして彼の歌を真似《まね》ようとした。地面に敷いた毛布の上に座り、安物の装身具を売っていた女性が顔をあげ、目の前を通過してゆく行列を無言で見送った。コーヒー・ハウスでは、ゲームに興じていた男たちがサイコロと手駒を置き、惚《ほう》けたような顔で窓の外を見た。

ゴールデンマンは、ムハンマド・イブン・ムーサー・アル＝フワーリズミー通りを進んだあとムーサ・イブン・イムラン通りに入り、海へと下っていった。

彼のずっと後方から、今や完全に沈黙した不発弾《UXO》とロック、ジャブジャブ鳥（ルイス・キャロルの詩『ジャバウォックの詩』に登場する危険な鳥）、砂虫《サンドワーム》、そしてドローンがついてきた。海には巨大肉塊《グロブスター》とリヴァイアサンが浮かび、ゴールデンマンを待っていた。突如安楽な生活を奪われたネオム市民は、なすすべもなく見ているだけだった。

「なぜ警察《シュルタ》はなにもしないんだ！」裕福そうな男がナセルに向かい、難詰《なんきつ》するかのように指輪の光る指を突き出した。

「わたしにどうしろと言うんだ？　あいつを撃てばいいのか？」ナセルが訊いた。

「そうさ！」

「それができるくらいなら……」ナセルは口ごもった。

ゴールデンマンたちの行列は、延々とつづいた。

「ぼくたちへの支払いは？」ムフタールに向かい、出し抜けにサレハが訊いた。

「え？」ムフタールが驚いて訊き返した。

「だから」アナビスがあとを受けた。「俺たちが持ってきたあの容器の代金だよ」

「やれやれ。今のわたしは、あんな取り引きしなければよかったと、悔やんでるんだが……」

「あんた、あのロボットから修理代を受け取っただろ」アナビスが指摘した。

「ああ、そのとおりだ。だけど、もうすぐみんな死んでしまうんだから、金なんかどうでもいいんじゃないか？　まったく惜しいことをしたよ。あの容器だけなら、すごい高値で売れただろうに。きっとわたしは、『月刊遺物蒐集《しゅうしゅう》』誌の表紙を飾れたぞ」

「ほら、金はどうした？」アナビスが催促した。

「わかった、わかったよ」ムフタールは、一枚のディスクを取り出すと仮想世界《ヴァーチャリティ》の言葉でロックを解除し、それからそのディスクを少年に渡した。「ほら。受け取れ」

「ありがとう」消え入りそうな声でサレハが礼を言った。目に涙が浮かんできたけれど、彼は拭おうともしなかった。ムフタールが訳知り顔でうなずいたのを見て、少年は肩をいからせた。そして手にしたディスクを、ポケットにしまった。

海へ向かう大行進はまだつづいていた。フェリー乗り場では、一部始終を見届けようとする市民がひしめいていた。分類外《アザーズ》たちもヴァーチャル世界から見物しており、しかしかれらは口をはさもうとしなかった。きっと、これは人間とロボットが決めるべき問題だと、考えているのだろう。

紅海の岸辺に達したところで、ゴールデンマンは歩みを止めた。遊歩道を走っていた小さな女の子が、それを見て立ち止まった。

「ねえ、おじさん」女の子が呼びかけた。「おじさん、宇宙に行くの？」

「宇宙？」ゴールデンマンは答えた。「そうだな。行くのかもしれない」

「すごいじゃない」女の子はこう言うと、ゴールデンマンに向かって舌を出し、走り去っていった。

とびきり大きな人間型《ヒューマノイド》が、列の先頭に歩み出てきてバラのロボットの隣に立った。そのヒューマノイドの顔を見あげ、彼は驚きの声をあげた。

「エサウ！」

エサウがうなずいた。「久しぶりだな」

「君だけ残して行ってしまったことは、今でも申しわけなく思っている」バラのロボットが詫《わ》びた。

「そんなのはいいんだ。それより、フォンドリーはどうなった？」

「今も宇宙のどこかにいるらしい。そしてときどき、騒ぎを起こしている」

「哀れなやつだ」エサウが長嘆した。かれらのあいだに温かな沈黙の時間が流れ、二体のロボットは並んで立ちつづけた。

「どうせみんな死ぬなら――」ナセルはこう言うと、ゆっくり体を傾けて隣にいるマリアムの唇にキスした。

マリアムも笑いながらキスを返した。

「でもね、わたしたちが死ぬことはないと思うの。ほら、あれを見て」

ふたりの視線の先で、ゴールデンマンが両腕を高く上げた。すると、自律型兵器の残骸や有機生命体の廃棄物で埋め尽くされていた紅海の海面が、ゴールデンマンの命令に従うかのように左右に割れはじめた。

「どこに行くつもり？」マリアムはゴールデンマンに訊いた。

「さあ、どこだろう」金色のロボットがふり返って答えた。「爆弾どもが、ヒツジの夢を見ていられる場所かな」

海が真っぷたつに割け、岸辺から浅瀬、海底へとつづく一本道が形成された。泥や貝殻、岩礁、珊瑚《さんご》がむき出しになった。この現象を生んでいるのが、リヴァイアサンたちであることにマリアムは気づいた。リヴァイアサンが、海水を大量に吸引しては後方に吐き出すことで海面を大きく下げ、そこにグロブスターが入り込んで壁となり、その壁に人造珊瑚が張りついているのだ。

海のなかに出現した一本道のずっと先、紅海の最深部で、なにかが光ったのをマリアムは見たような気がした。光を反射する鏡のようでもあり、蜃気楼《しんきろう》のようでもあった。しかし、あんな海底でなにが生まれているのか、彼女には皆目《かいもく》わからなかった。

いかめしい顔をした小柄な老女がひとり、前に出てきて、ゴールデンマンの横に立つと複雑な表情で彼を見た。

「今度も長い旅になりそう？」老女がゴールデンマンに訊いた。ゴールデンマンは老女をじっと見た。「一緒に行きたいのか？」

「行ければいいんだけどね」老女はこう言うと、母親が子供を抱きしめるようにゴールデンマンの胴体に両腕をまわした。

「あなたには、気の毒なことをしてしまった」老女が言った。

「やあナス」バラのロボットが老女に話しかけた。

老女は彼を見てうなずいた。

「おまえのことも、ちゃんと思い出したわ」

「だろうな。なにしろわたしは、ずっとあなたを追いつづけていたのだから」

「すでにわたしは、そのナスではない」老女が言った。「それに彼女は、そう簡単に捕まるような人じゃなかった」

「そういうことであれば、あなたを撃つのはやめておこう」

「じゃあわたしのほうも、おまえの脳をスクランブルしたり、外からおまえの内部機構を改造したりしないと、約束してあげる」ナスだった老女が言った。

バラのロボットは苦笑したかったのだが、ロボットにそれは無理なので、うなずくだけにしておいた。

つづいて彼は、マリアムに向きなおった。

「これでお別れです。あのバラは、とても嬉しかった」

「元気でね」マリアムは別れの挨拶のつもりで、ロボットの肩にそっと手を置いた。

ゴールデンマンが、海のなかにできた道を一歩ずつ進みはじめた。

マリアムとナセルは脇に移動した。やがてゴールデンマンの姿は、彼方《かなた》にぽつんと浮かぶ金色の点となった。ロボットたちが一体ずつ、あるいは二体ずつ並んで彼のあとにつづき、空を飛んでいたものたちもみな、マリアムが定かには目視できなかったあの輝く蜃気楼をめざし、降下していった。

すべてのロボットとUXOがゴールデンマンについていってしまい、最後の一体が海のなかの道を歩きはじめると、海水が一気にかれらの頭上に崩れ落ち、リヴァイアサンたちも海中へ沈んでいった。遠い海底が一度だけ明るく光り、そのあと海はいつもの海に戻った。

「まあ、こんなもんだろう」一体だけ地上に残っていたバッタ形の大型UXOが、いきなり言葉を発した。

「あなたはなに?」びっくりしてマリアムが訊いた。

「俺はニアマイア」UXOが名のった。「アマチュアの博物学者で、甲虫類《こうちゅうるい》の研究家だ。要するに俺が集めているのは――」

「カブトムシでしょ」マリアムが先に言った。「知ってる。あなたは、みんなと一緒に行かないの?」

「なぜ俺も行かなきゃいけない?」ニアマイアが反問した。「あんなのは無益な行動だし、俺には整理すべきコレクションがある。まだ捕まえていないきれいな甲虫やチョウも、たくさんいるしな。そういうわけで俺は、自分の仕事に戻るけど、あんたたちは元気でいてくれ。さよなら《マ・サラーマ》」

「マ・サラーマ」別れの挨拶を返し、マリアムは大きく跳ねながら去ってゆくUXOを見送った。

するとニアマイアの前に、さっきの小さな女の子が飛び出してきた。

「ねえ、おじさん」女の子が話しかけようとした。

「うせろ」ニアマイアが冷たく言った。泣きだした女の子を、大急ぎで走ってきた母親が抱きかかえた。母親は憤慨して、バッタ形のUXOをなじった。

どうやらこれが、一連の騒動の幕ぎれとなったようだった。

二十七　旅立ち

「じゃあここでお別れね」マリアムが言った。

「なにからなにまで、ありがとうございました」サレハが礼を言った。マリアムは思った。やっぱりこの子だって、新しい服を着せればけっこう様《さま》になる。彼女は今朝、出発まえの買い物にサレハを連れ出していた。

「俺も……礼を言っておこう」ジャッカルのアナビスも、きれいに毛並みを整えてもらっており、耳のうしろで新品の機能拡張モジュールが静かに拍動していた。ノードなどのアップグレード費用を、アナビスはすべて自腹で払ったのだが、その金は、高山の洞窟で見つけた奇妙な岩のかけらを、ムフタールに売ることで得たものだった。すでにムフタールのもとには、どんなスキャナーも狂わせてしまう謎の石塊《いしくれ》に対する購入希望が、殺到していた。

幸いなことに、少なくとも今回の遺物は、ミニチュアのブラックホールではなかった。しかしマリアムは、あの変な石塊の正体と用途について、大いに疑問を感じていた。

でもそれは、彼女が心配すべきことではなかった。

マリアムは少年をぎゅっと抱き、ジャッカルの前足を握った。そのあと、テルアビブ行きの飛行機に乗るため、滑走路を歩いてゆくかれらを見送った。少年とジャッカルは、テルアビブからセントラル・ステーションに行き、その後ゲートウェイに向かって飛び立つ。しかし、ゲートウェイからどこに行くのか、マリアムはまったく知らなかった。火星か、小惑星帯か、それともさらに遠くか……どんな旅になるのだろうと、彼女はいぶかった。

飛行機に搭乗する直前、サレハがふり返った。マリアムに向かい、少年は恥ずかしそうに小さく手を振った。それから機内へと消えてゆき、ジャッカルがそのあとを追った。かれらがどこでなにをやるか、今後マリアムが知ることはあるまい。

今日は住宅街で清掃の仕事が入っているのだが、すでに遅刻していた。暑い日で、やっと仕事場のアパートに到着したとき、歩きどおしだった彼女はかなり疲れていた。エアコンをオンにして、掃除をはじめた。掃除しながら、海に消えたロボットたちのことを考え、かれらはどこに行ったのだろうと考えた。みんな幸せに暮らしていればいいと願ったあと、ロボットも幸せを感じるのだろうかと疑問に思い、でもすぐに昼食のことを考えはじめた。

まだ食べていなかったからだ。

清掃を終えて外に出たときは、日没が近かった。夕方の涼気を楽しみながら、ゆっくり歩いた。ジブチ国立銀行の前を歩いていると、向こうからライラを乗せたパトカーが走ってきた。ライラは手を振ってくれたものの、停《と》まらず通過してゆき、だからマリアムも歩きつづけた。

すでに暗くなっていた。自宅のすぐ近くまで来た彼女は、アパートの入り口に誰か立っているのを見た。近づいてゆくと、立っていたのはナセルだった。

彼はバラを一輪、手に持っていた。

「花市場《スーク》で買ってきた」ナセルが言った。「閉店時間ぎりぎりに」

彼はそのバラを、ぎこちなくマリアムにわたした。

「さっきライラを見たわ」

「ああ。今夜は彼女がひとりで砂漠をパトロールするんだ。いま砂漠は、すっかり静かになっているからな。理由は……わかるだろ」

「ええ」

ナセルはもの問いたげな目を彼女に向けた。

マリアムは笑ってしまったのだが、自分が幸せな気持ちになっていることに気づき、びっくりした。

マリアムは思った。花を持ってきてくれる人がいるのは、やはりいいものだ。

彼女はナセルの手をつかみ、そっと引き寄せた。

「行きましょ」

手をつなぎ、マリアムのアパートに入ってゆくふたりの背後で、世界が消えていった。

著者あとがき

わたしは昔から、未来史が大好きだった。SF作家が、ひとつの架空の宇宙を時間をかけて創りあげてゆく過程には特別なものがあったし、その宇宙を、読者であるわたしが短編または長編というかたちで少しずつ発見してゆくのも、特別な経験だった。

特に気に入っている未来史として、わたしがまず指を折らねばならないのは、コードウェイナー・スミスの『人類補完機構』シリーズだろう。ストルーンという不老長寿の薬を産生するノーストリリアの巨大な病気の羊をはじめとして、人間狩猟機械《マンショニャッガー》や下級民、ク・メルとイ・テレケリ、狂ったコンピュータ、クラウン・タウンの死婦人などが躍動するこのシリーズで、わたしはスミスの詩的な表現とアイデアが大好きになったし、彼の作品のほとんどがスリムな短編という点も、愛さずにいられなかった。わたしたち読者は、断片化されたかたちで『人類補完機構』を見せられるのだが、実はそこから大きな世界が開かれているのだ。

小説を書きはじめたころのわたしにとって、取り組む短編のすべてが新たな冒険であり、新しい発見だった。もちろん、どれもがよく書けていたわけではない。しかし、一作ごとにわたしはなにかを学んでゆき、二〇〇二年のある日、“Temporal Spiders, Spatial Webs”（時間に棲《す》む蜘《く》蛛《も》、宇宙に張られた蜘蛛の巣）という短編を書きあげた。これは、わたしがカンバセーションと名づけたネットワークを、太陽系に張りめぐらせてゆく機械たちを描いた作品だった。

同じころ、わたしはクラーク＝ブラッドベリ国際ＳＦ小説コンテストというものが開かれることを知り、この短編で応募してみたのだが、しばらくして送ったことを忘れてしまった。時は流れ、学びながら働いていた退屈なオフィスにランチから戻ってきたわたしは、留守中に電話があったと告げられた。

「電話って、誰から？」びっくりして訊き返したのは、あのオフィスに電話してくる人など、それまでひとりもいなかったからだ。

「欧州宇宙機関《ＥＳＡ》から」

最初はもちろん冗談だろうと思った。でも、あのコンテストを主催しているのはＥＳＡだったし、かれらは最終的にわたしをつかまえ、わたしの作品が大賞を受賞したと知らせてくれた。ついては、フランスまで来てもらえないだろうか？

当時のわたしは、ＳＦの短編を何本か書いた長髪の若造にすぎなかった。なのにフランスへ行って憧れの作家たちと語らい、ドイツの衛星テレビ局からひどく奇妙なインタビューを受け、なんとも不可解なことに一度だけテリー・プラチェットに間違われた（機会があればこの話もしたいのだが、なぜ間違われたのか、本当の理由は未《いま》だに謎のままだ）。

さらにわたしは、アーサー・Ｃ・クラークその人から送られてきたＥメールを、見せてもらった。クラーク氏は、間違いなくわたしの作品を読んでくれており、わたしのことを「先まわりの剽窃《ひょうせつ》」をした罪で非難すると述べていたのだが、それはあの時点で彼も、わたしと同様のテーマをもつ作品に着手していたからだった。彼はつづけて、ある小惑星が地球にどう衝突するか、彼がなにをどのように予言したか、延々と語っていた。

それはともかくとして。

その後わたしは、一見したところ個別に完結しているSF短編を書いていったのだが、すでにカンバセーション・ネットワークが完成していたこともあり、それぞれの作品が連結しはじめていることに気づいた。わたしの短編たちは、やがてひとつの未来史となってゆく霧に包まれた過去へと、集束しつつあった。

二〇一〇年の末、わたしは短期間イスラエルで暮らしながら *Central Station* を書きはじめた。この作品を執筆していた数年のあいだに、わたしは再びロンドンに帰り、信じがたいことにフルタイムの作家として独り立ちして、その状態を現在までなんとか維持している。

Central Station を擱筆《かくひつ》したのがいつだったか、正確には思い出せないのだが——二〇一五年のどこかだったと思う——おかげでわたしは、ちょっとした創作上の危機に見舞われることになった。これ以上わたしの〈世界〉に加えられるものなど、なにひとつないと感じてしまったのだ。実際、あそこで終わっていたかもしれない。

ところが三年もしないうちに、わたしは自分の世界に戻りたくなっていた。

タイタンに戻ったのは二〇一八年だった。一連の新作で、わたしは金星と火星、ゴビ砂漠と義烏《イーウー》に赴き、デジタル統合されたユダヤ・パレスチナ連邦も再訪した。

にもかかわらず、すべてが順調に進んでいたある年……

いきなり世界が止まった。

空では飛行機が運行を停止し、地上から車の流れが消えた。大自然の手に再び委ねられた道路を、子供たちが自由に歩きまわった。世界の片隅で息を潜めていた変な生き物たちが、かつて追放された空間に再び姿を現わしはじめた。地球は、この貴重な一瞬だけ呼吸を止め、それからまた大きく息を吐いた。

この大騒動とも呼べない混乱がつづくなか、誰もが人生の終わり、またははじまり、または復活を待っていた時期に、わたしはネオムに向かった。

実をいえば、わたしは自分がなにをやっているか、よくわかっていなかったのだ。一本の花を買うため、ネオムの名高き花市場《スーク》にやって来たロボットがいた。それからそのロボットは、砂漠へと入っていった。でもなぜ砂漠に行ったのか、その理由をわたしは知らなかった。そこでそれを確かめるため、新たに一章を書いた。書き終えたとき、そのロボットは砂に大きな穴を掘っていた。またしてもわたしは、その穴がなぜ掘られたのかわからなかった。

理由を見つけるため、わたしは一章、また一章と書き進めていった。やがてわたしは、自分が長編小説を書きはじめていたことに気づいた。

かくてネオムである。ネオムは、セントラル・ステーションからあまり離れていない。飛行機で行けるし、セントラル・ステーションから軌道上のゲートウェイまで飛べば、金星の雲のなかにあるテレシコワ・ポートや、月のルナ・ポートへ向かう旅に出発できる。ロボット教皇を見るため、火星のトン・ユン・シティまで足を延ばすことも可能だ。あるいはもっと遠く、地域紛争レベルまで縮小したトリファラ王戦争が、今もつづいているガリレオ衛星共和国（巻末『用語集』参照）を訪問してみるのもいいだろう。そこを過ぎれば、あとは黒のニルティとバッパーズが棲むタイタンが待っている。

でもタイタンを越えてゆくのは、移民運搬船ぐらいだ。

謎はまだたくさんある。エズレルの谷にはネオ・ネアンデルタールが棲息《せいそく》しているし、ヘヴェンという惑星の空には知覚をもつ雲が浮かぶ。オールトの雲に潜む巨大な謎の存在は、女予言者の姿を借りてしばしば出現し、そのたびに最終投棄場《ジエティスンド》で新たな禁制技術《ワイルドテツク》を生んでゆく。火星の鉄道は今も運行されており、ロボットたちは年に一度、人類がまだ目撃したことのない秘密集会を開いている。黒のニルティはクラーケン海でなにかと戦いつづけており……エウロパの氷の下になにが横たわっているか、知っている者はいるのだろうか？

今もどこかに、『アセンブリーの連鎖』という火星産の有名な連続ドラマを、観《み》ている人たちがいる。今もどこかに、ライス・ウイスキーを飲みながら、バショウと名のる奇妙な詩人が混成語《ピジン》で書いた詩を、読んでいる人たちがいる。エイト・ビット教を信奉するロボットたちは、ゼロ・ポイント・フィールド内にある天国の夢を見つづけ、ウー遠征隊（巻末『用語集』参照）は未だに行方不明のままだ。

探らねばならないことは数多く残っており、だからわたしも、しばらくここにとどまろうと思う。わたしにわかっているのは、それだけかもしれない。

人間はどこに行っても、花を育てずにいられないのだ。

二〇二二年、ロンドンにて

ラヴィ・ティドハー

『ロボットの夢の都市』関連用語集

［＊］を付した語はこの『用語集』内に立項あり

遠宇宙《アウター・システム》

木星と土星、および土星以遠に存在する星々は、少なくとも近宇宙《イナー・システム》［＊］の住人たちによって、ひとまとめで語られることが多い。実際、距離的な隔たりは非常に大きく、「遠宇宙《アウター・システム》ではすべてが変になる」という警句があるほどだ。

分類外《アザーズ》

意識と知性をあわせもつデジタル生命体であり、マット・コーエンと彼の同輩たちによってエルサレムの複数の研究所で開発されたのち、かれらに共鳴した活動家集団の手でカンバセーション・ネットワーク［＊］に解き放たれた。その後分類外《アザーズ》は、デジタル培養場［＊］のなかで進化をつづけている。人間界の問題に、かれらが直接的に関与することはほとんどない。

アシュケロン・ギルドの宇宙

あるスペース・オペラをテーマにした、最大にして最も大きな成功を収めているヴァーチャル・ゲーム・ユニバースで、運営しているのは分類外《アザーズ》［＊］であろうと推測されている。太陽系内の全ローカル・ハブから参加可能。おおぜいの人びとがゲーム内で宇宙船の船長、賞金稼ぎ、宝探し屋として活動しながら、通貨のマイニングを行なったり、貴重な一点物のヴァーチャル・アイテムを実際に売買したりしている。

小惑星帯《アステロイド》の混成語《ピジン》

クレオール語と呼ばれることもある。ほぼ太陽系全域で通用するこの言語は、南太平洋のビスラマ語から変化し、メラネシアの小惑星採掘工と火星への移民労働者によって広められた。

アセンブリーの連鎖

フォボス・スタジオが製作し、絶大な人気を長く保っている火星産の連続ドラマ。不動の主役はハンサムで謎めいているジョニー・ノヴム［＊］、魅惑的なビューティフル・マハラニ、腹黒いカウント・ヴィクターの三人で、ほかに多くの脇役がレギュラー出演している。無数のエピソードが数十年に渡って放送されており、出演者は人間に扮《ふん》した分類外《アザーズ》［＊］であろうと考えられているが、その点を気にする視聴者はいない。カンバセーション・ネットワーク［＊］を通して、太陽系全域に熱狂的なファンがいる。

アダプトプラント

成長が早い竹の一種を、遺伝子操作によって改造した新種の植物。アダプトプラントは、家具や窓、配管まで含めた完全な家に成長するようプログラムされている。アダプトプラント製の高層住宅街で、夏になると睫毛《まつげ》のようにドアを抜いた建物が並ぶ光景は、珍しいものではない。

空の向こう《アップ・アンド・アウト》
主に地球で使われている、地球の大気圏外にある宇宙全体を示す俗語。

アヨーディヤーの一族
全員が豊富な軍隊経験を有し、分類外《アザーズ》［＊］の生息域である物理インフラストラクチャーの警護役を忠実に務める人間の武装集団、または一族、または家族（諸説あり）。

義烏《イーウー》
中国東部にある都市。地球に住む人びとの生活に不可欠な日用品を、安く製造・販売している。義烏《イーウー》はまた、謎につつまれた宝くじでも有名で、当選者は「大願を成就させることができる」のだが、ときにはまったく意外な結果に終わることもある。運営団体も秘密にされており、しかしすべての居住地に拠点をもつと考えられている。

義烏《イーウー》**の宝くじ**
〈義烏《イーウー》〉の項を参照。

イース
悪意をもって人間のノード［＊］に侵入し、その人間をよろめき歩くだけの生ける屍《しかばね》にしてしまう腐敗した寄生体のこと。イースは、静寂《クワイエチユード》［＊］が（たぶん偶然に）生み出した副産物であろうと言われている。

遺伝子シャーマン
倫理的に問題がありそうなゲノム解析と遺伝子操作を、個人で行なっているアマチュア遺伝子愛好家。無害な人物である場合がほとんどだが、怪鳥《ロック》のタマゴを売ってやると言われたときは、よく考えたほうがよい。

近宇宙《イナー・システム》
太陽に近くて人間が居住している三つの惑星（金星、地球、火星）を総称した俗語で、地球の月は含まれるが水星は除外される。小惑星帯を含む場合もあるが、小惑星帯は通常、イナーとアウターのどちらにも属さない別の政治形態とみなされる。

移民運搬船
低速で飛行する超大型の世代宇宙船。過去数世紀のあいだに、多くの移民運搬船が新しい世界を求め、太陽系から旅立っている。しかし、なにがかれらを待ち受けているかは、未《いま》だにわかっていない。

ウェブスター
都会や群衆に対する嫌悪、または恐怖といったさまざまな理由から、隠者の生活を送っている人たち。

ウー遠征隊
経験豊かな探検家で構成されたヴァーチャル遠征隊。伝説のパクマンドゥ［＊］を発見しようとして、アシュケロン・ギルドの宇宙［＊］内で行方不明になった。

ウルボナズ・ライド
死ぬまえに最後のスリルを楽しめるよう設計された、乗客を安楽死させるためのローラーコースター。

エルヴィス・マンデーラ
火星の人気俳優だが、人間に擬装した分類外《アザーズ》［＊］である可能性が高い。無数の映像作品で主役を演じ、主演作のなかにはすでに古典となったフォボス・スタジオ製作の『トコロシェの夜』や『死せる赤き火星の人』三部作が含まれる。シヴァン・ショシャニム［＊］と共演することが多い。

オグコ
彼が実在したことは一度もなく（それは本人も認めている）おのずと彼の『オグコの書』もその種の矛盾で満ちている。オグコに信者はいないが、多くのフォロワーがいるため、オグコの霊廟《れいびょう》は太陽系内の多くの居住地で見ることができる。

火星の再生戦士
火星の古代文明に起源をもつ宗教団体、またはカルトの正統な継承者を自任している人びと。〈火星が覇を唱えていたかもしれない時代〉の皇帝に忠誠を誓っている。かれらは、遺伝子改造によって鮮やかな赤い皮膚と四本の腕をもっており、戦士を自称しているものの、特徴的な外見とは裏腹に性格は穏やかであることが多い。

ガリレオ衛星共和国
木星が有する三つの豊かな衛星、ガニメデ、カリスト、イオは遠宇宙《アウター・システム》［＊］の富の源泉であると同時に、紛争の発火点となってきた。武力衝突のほとんどは、支配一族の内紛なのでトリファラ王戦争［＊］と呼ばれることが多い。しかし、禁断の衛星エウロパ周辺では、反乱軍や宗教的狂熱に浮かされた武装勢力が、一定の間隔をおいて新たに出現している。戦乱を除くと、ガリレオ衛星共和国は莫大《ばくだい》な富に加え商業活動や芸術においても重要な位置を占めており、太陽系の他地域とは異なるアイデンティティと独立性を、かたくなに守りつづけている。

カンバセーション・ネットワーク
地球に起源をもち、現在では太陽系のほぼ全域をカバーする包括的デジタル通信ネットワーク。火星、金星、ガリレオ衛星共和国［＊］、および土星の軌道上にローカル・クラウドを備えている。近宇宙《イナー・システム》［＊］内では濃密だが、遠宇宙《アウター・システム》［＊］を進むに従い希薄になってゆく。カンバセーション・ネットワークは、蜘蛛《スパイダー》と呼ばれる一団によって太陽系全域に敷設され、かれらが今も拡張をつづけている。通常はノード［＊］経由でアクセスするが、移動式ポッドなど前時代的な方法を使っても利用可能。

消えた小惑星カルコサ

〈消えた小惑星シオン〉の項を参照。

消えた小惑星シオン

小惑星帯に属していたこの星の住民たちは、煙の粒子をデータ媒体として使うことにより、新しい方式の分散型スモール・ワールド・ネットワークを実用化したのだが、このネットワークは外部からの干渉に対し脆弱《ぜいじゃく》だったらしい。かつては異星人による干渉と考えられていたが、今では静寂《クワイエチュード》［＊］が触手を伸ばしたのだろうと推測されている。その後、小惑星シオンは大型外部モーターを何基も使用したあげく、未知の軌道をたどっていずこへか飛び去った。

キブツ（火星）

火星で普及している開拓者コミューンの一形態。

クルシフィケーション

使用者に宗教的な体験を与える合成麻薬。

大横断線《グレート・クロッシング》

近宇宙《イナー・システム》［＊］と遠宇宙《アウター・システム》［＊］間の長い航海を意味する俗語であり、より厳密には火星と木星、または木星と小惑星帯の中間線を示す。ここからさらに土星へと向かう旅は、第二横断線《セカンド・クロッシング》と呼ばれることがある。

黒のニルティ

タイタンのクラーケン海を根城とする海賊の首領で、反乱軍の司令官でもある。ニルティの海賊たちは、みずからノード［＊］を抜去していることで知られており、そのためデジタル技術を使ったいかなる攻撃も、かれらには効かない。ニルティがなにを敵とみなすかは判然とせず、そのため黒のニルティといえば尊敬の対象であると同時にひどく恐れられており、ふつう民間の船はクラーケン海を避けて航行する。

静寂《クワイエチユード》

遠宇宙《アウター・システム》［＊］で語られている噂によると、オールトの雲のなかには「惑星数個分の大きさをもつ巻きひげ状の巨大な雲」がいくつもある。その正体は、異星人の機械生命体かもしれないし、まったく別種の存在かもしれない。あるいはそんな雲は実在せず、子供を脅かすための作り話だという説もある。静寂《クワイエチユード》と呼ばれるこの巨大雲については、ほとんどなにも知られていないのだが、いずれにせよアウター・システムには、消えた小惑星カルコサ［＊］や九十億の地獄といった話が数多く伝わっており、どれも真相は不明だ。

昆明《クンミン》ヒキガエル

いわゆる黄金の三角地帯で、小さなギャング団として出発した犯罪集団の名称。当初、昆明《クンミン》ヒキガエルは雲南省《うんなん》を拠点に覚醒剤を扱っていたのだが、その後クルシフィケーション［＊］などの合成麻薬や人身売買、さらには臓器密売と手を広げることによって、違法で過激な遺伝子改造という巨利を得られるビジネスへの参入に成功した。構成員たちが、毒をもつ大型ヒキガエルそっくりの姿に遺伝子改造されていることでも有名で、集団の名前はこのヒキガエルに由来する。

ゲートウェイ
地球の周回軌道上につくられた人間の居住地のなかで、最大かつ最重要の拠点。ゲートウェイで手に入らない物など、ほとんどないと言われている。太陽系各地へ向かう宇宙船の出発港であると同時に、再使用可能な打ち上げロケットや軌道を周回しない弾道飛行《サブオービタル》ロケットなどが定期運行されているため、「人類の故郷」または「女の家」と呼ばれることもある地球との重要な結節点となっている。

ゲル・ブロング・モタ
近宇宙《イナー・システム》［＊］を航行する古い輸送船の船名。この名前は、次に挙げる有名なビスラマ語の歌の冒頭部分からとられた。

ゲル・ブロング・モタ（モタ島の少女）
海からやって来る　わたしはおまえを連れてゆく
わたしの家へ……

ゴースト
人間が死んだあと、その人間のノード［＊］に残っているデジタルの遺骸。

ゴースト・コレクター
死亡した人間のノード［＊］内に、データとして残された遺骸（〈ゴースト〉の項を参照）を取り出して保存または埋葬する、あるいはより一般的に、デジタルの天界へ転送する仕事を請け負ってくれる人物。葬儀の際には重要な存在となる。

コンチ
すでに廃《すた》れた古いヒューマン・デジタル・インターフェースの形式名。コンチという語は、カンバセーション・ネットワーク［＊］へのより良好なアクセスを確保する目的で、移動式ポッドに閉じこもることをみずから選択した人間のことも意味している。通常この種のポッドは、限られた移動能力しかもっていない。人間が定住している世界で、コンチは稀《まれ》にしか現われないが、かれらは長命であり、うかつに接触すると面倒なことになる。

ザナドゥ
タイタンのザナドゥ地方にあるバヌ・カトミール族（アヨーディヤーの一族［＊］の分派）の秘密施設。タイタンのコアの大部分を占めている。バヌ・カトミール族は、以下の三つの原則を遵《じゅん》守《しゅ》している。

物理的手段による安全性の確保
冗長化による安全性の確保
隠蔽による安全性の確保

シヴァン・ショシャニム

太陽系で最も有名なスター女優で、過去数世紀のあいだ、出演したすべての作品と行動の両面で輝きつづけている。実在するかどうか不明だが、そんなことファンはまったく気にしない。

最終投棄場《ジェティスンド》

海王星の衛星トリトンにある前哨《ぜんしよう》基地で、太陽から最も遠い人間の居住地。無法地帯であり、住んでいる人間も荒々しいが、かれらの技術はもっと危険。移民運搬船［＊］の太陽系における最後の寄港地であり、最終投棄場《ジェティスンド》という名称は、なんらかの理由でここから先の銀河系へ行くのを断念した乗客や、途中で下船を命じられた人物がここに投棄されたことに由来する。太陽系内で発見される禁制技術《ワイルドテック》［＊］のほとんどは、ジェティスンドで開発されたもの。

シドロフ・エンブリオメック

遠い昔、火星などへの入植者が快適に暮らすための住居として開発されたが、あまり普及せず失敗作とみなされたデバイス。現在では骨董品《こっとうひん》として高値がついている。大きなタマゴに似た外観をもつ。シドロフ・エンブリオメックは、地上に落とされると穴を掘って潜りこみ、その場にある物を資材として利用しながら、少し粗雑だが居住可能なバイオドームを作りはじめる。

ジョニー・ノヴム

連続ドラマ『アセンブリーの連鎖』［＊］に登場する架空の人物。性格は陰気で、謎めいている。

迷える吸血鬼《ストリゴイ》

シャンブロウ・ウイルスに感染した人間のこと。シャンブロウは、シャングリラ・ウイルスに先立つバイオ兵器化された感染症ウイルスの祖先型で、ノスフェラトゥ・コードの異名をもち、昆《クン》明《ミン》地区の研究所で開発されたと考えられている。過去の残虐な戦争で使われたこのウイルスは、陳腐化したあとになって太陽系全体に広がってしまい、現在も少数ではあるが不運な人間を感染させている。

迷える吸血鬼《ストリゴイ》はデジタル情報を餌としており、抵抗する犠牲者からデジタル化された意識、記憶、情報、データを抜き取ってしまう。ストリゴイに咬《か》まれると、強い快感が得られると言われているため、一部の人たちは進んでシャンブロウ・ウイルスに感染したがる。

しかし、太陽系に残っているストリゴイはごくわずかで、身を隠しながら生きており、居住地から居住地へと移動をくり返す一方、かれらが乗っていても黙認してくれる輸送船の暗い船底に、しばしば住みついている。寄生体であるイース［＊］と誤認しないよう、注意しなければいけない。

砂絵

〈砂描き〉とも。地球の南太平洋、バヌアツ諸島に古くから継承されているアートで、砂絵作家は非常に複雑な幾何学模様を砂の上に描いてゆく。

セントラル・ステーション

デジタル統合されたユダヤ・パレスチナ連邦領内の、ヤッファとテルアビブのあいだに立つ巨大な砂時計形の宇宙港。この宇宙港については、少なくとも一冊の本が書かれている。

ゾロアスター

古代の預言者にして宗教指導者。ゾロアスター教の開祖。

太陽系の植物相

バラを愛《め》でることができるのは、本作に登場するロボットだけではない。太陽系で生まれた有名な種のなかには、金星のテレシコワ・ポート［＊］のみで栽培可能なアリス・ローズ、地球の月で育つ希少種ブラック・ルナ・ローズ、そして火星産の複数のランなどが含まれる。〈アダプトプラント〉の項も参照。

データ・バンパイア

〈迷える吸血鬼《ストリゴイ》〉の項を参照。

テレシコワ・ポート

金星につくられた雲海都市のなかで最も古く、最も美しい街。テレシコワ・ポートは、金星の有毒な大気の上に地球の標準的な重力を与えられて静かに浮かんでおり、降り注ぐ酸性雨から真水を合成しつつ、近宇宙《イナー・システム》［＊］内で最高と言われる景観を提供している。「金星を見てから死ね」とは、古い観光ポスターに必ず見られるキャッチコピーであり、現在もハネムーン先として人気が高い。

天候ハッカー

天候をコントロールするため、雨の元となる化学物質をドローンで上空に撒布《さんぷ》したり、ソーラー・ミラーや強風発生機などを使ったりすることで、周辺地域の気象条件を変えてしまう二流アーティストのこと。

触腕《テンタクル》ジャンキー

みずから遺伝子組み換えを行なうことによって、触腕《テンタクル》などの過激なパーツを体に継ぎ足した人間。主に水のなかで生活している。数は意外なほど多く、ほぼすべての居住地で見ることができる。

ドラゴンの家

以前は冥王星第一衛星カロンと呼ばれており、古い星図には今もそう記されている。名称が変わる重要な画期となったのは、ドラゴンの年［＊］に起きたある事件で、このときドラゴンと呼ばれる分散型集合精神《ハイブ・マインド》をもつと思われる生命体が、独立した数千匹の分身を伴って、地球からカロンに移動した。この分身たちは、実質的に改造された戦闘ドールであり、かれらがカロンの地中を掘りつづけたせいで、冥王星最大の衛星は数千のトンネルで穴だらけにされ、宇宙に出現したアリの巣のようになってしまった。

ドラゴンの年
〈ドラゴンの家〉の項を参照。

トリファラ王戦争
ガリレオ衛星共和国［＊］で現在もつづいている低強度紛争。

ドリフト
地球の海中または海上にある人間の居住地の総称。南シナ海の海底にあるドーム都市、太平洋上を移動する巨大な筏《いかだ》の集合体、海中からそびえ立つ尖塔《スパイア》、流浪する潜水艦隊などがすべてドリフトと呼ばれている。ドリフト・ソルトという通貨が一般に流通している。

トン・ユン・シティ（終点の街《ターミナル・シティ》）
火星の主要都市であると同時に、太陽系全体の文化と商業の中心地。ロボットの教皇庁《バチカン》［＊］があり、ドラマ『アセンブリーの連鎖』［＊］もシリーズの多くがこの街を舞台としている。終点《ターミナ》の街《ル・シティ》という名で街としての歴史をスタートしたのは、老朽化した宇宙船に片道分の燃料だけ積んで到着した最初期の入植者たちが、自嘲を込めてそう命名したから。

黒呪術《ナカイマ》
ビスラマ語で黒呪術の意。現在では、可能であっても実行することが禁じられている各種の禁制《ワイルド》技術《テック》［＊］を意味している。

ノード
ヒトがまだ胚《はい》細胞の段階で植えつけられ、脳や中枢神経と相互に作用しながら成長してゆくバイオ・デジタル器官。ノードを経由することで、カンバセーション・ネットワーク［＊］の深部にまで迅速にアクセスすることが可能になる。人体にとってのノードは、心臓などと同じひとつの臓器と考えられている。

培養場
デジタル培養場は、デジタル生命体〈分類外《アザーズ》〉の項を参照）の知られざる生誕地であり、ここで生まれたアザーズたちは、弱肉強食の非情な遺伝子ジャングルのなかで、急速に変異をくり返す数十億行のコードから進化したと考えられている。人間に知られることなく生まれ、死んでいったデジタル生命体は無数にあるようだが、生き残った種はカンバセーション・ネットワーク［＊］のなかに存在しつづけた。デジタル培養場の物理コアを厳重に警備しているのは、アヨーディヤーの一族［＊］だと言われている。

パクマンドゥ

アシュケロン・ギルドの宇宙［＊］をはじめとするゲーム・ユニバースの奥深くに存在する、太古のコードの神話的レイヤー。パクマンドゥに到達するため、ウー遠征隊［＊］はゲーム内の重力の特異点《ギュラリティ》を使おうとした。その結果、遠征隊は行方不明となり、現実世界では隊員たちの心臓《シン》が停止した。それでも物語は終わらず、一説によると、パクマンドゥの究極の実態とは、二本の直線のあいだを永遠に往復しつづける一個の白い小球だという。

バショウ

もともと人間だった可能性もあるが、デジタル生命体の一種ではないかと疑われている詩人。特殊な体験を得る目的のためだけに、宇宙船内のトイレとなって二百年を過ごしたと言われている。『第二のバショウ』と呼ばれる場合があるのは、この名のオリジナルとなった十七世紀の遍歴の詩人と区別するため。文字化されることがほとんどない口頭言語、小惑星帯の混成語《アステロイド・ピジン》［＊］で書いた詩が広く知られている。ネオムに関しては、次のような作品を残している。

スナノカク
マチノイッコ
カゼノフキ、スグキエ

これを大まかに訳すと、以下のようになる。

砂の描《えが》きし
街ひとつ
日ならず風に吹き消され

バショウがネオムを訪問したのは一度だけ、それも短時間だったというのが定説である。そして明らかに、よい印象をもたなかった。

バッパーズ
土星の巨大衛星タイタンに固有の、高度な柔軟性をもつ機械生命体。さまざまな形状、大きさのバッパーが存在している。無害で、メタンを含んだ大気中に野生の状態で棲息《せいそく》しており、小さいけれど巧緻な細工が施された固形物を、しばしば生成する。現在、そのような固形物は一般に芸術品とみなされているが、誤った認識だという意見もある。バッパーズをタイタンに播《ま》いたのは、テラー・アーティストのマッド・ラッカー［＊］だったと言われている。

バトル・イーディッシュ
遠い昔の戦争において、ロボトニック［＊］が通信に使用した言語の古形。

ハフメック
ハーフ・メカの意で、サイボーグ化された人間に対する蔑称。現在は死語に近い。

ベルト
小惑星帯（アステロイド・ベルト）の略称。

ボディ・サーフィン
ごく一部と思われるのだが、分類外《アザーズ》［＊］のなかには、人間の営みに関心をもつものがいる。時としてそのようなアザーズは、協力的な人間のノード［＊］を通してその人間の肉体を占拠し、そうすることで物質界と直《じか》に接触する。通常この行為は、人間によって慎重に拒否される。

ポリポート
タイタンの主要都市にして宇宙港であるポリュペーモス・ポートは、親しみをこめてポリポートと呼ばれることが多い（ポリュペーモスはギリシャ神話に登場する巨人の名）。

ホンヤン
超大型建設機械の集合体であり、もともとは地球上の無人の荒れ地に都市と周辺地域を建設するため使用されていたが、現在は野生化してワイルド・ギースと呼ばれている。今でも隔絶された土地に突如現われては、その場にある材料を最大限に活用しながら、完全に空虚な都市をまるごとひとつ迅速につくりあげてしまう。道路を敷設したり公園を造成したり、全室家具つきの超高層アパートを建設したりするほかにも、時としてワイルド・ギースは、都市名もなければ住む人もいない街のあちこちに、かれらが勝手に選んだ不気味な公共彫刻を設置してゆく。

ホンヤンの探索に一生を懸ける人たちも存在しており、かれらは無人の都市の第一発見者となって象徴的な意味での所有権を主張し、併せてその都市の命名権も得たいと願っている。しかしながら、ホンヤンは製造された数そのものが少なく、活動を休止する期間も数十年から数世紀と非常に長いため、生きてかれらを見た人間はごくわずかしかいない。

マッド・ラッカー
有名なテラー・アーティストだが、その生涯はほとんど知られていない。タイタンにバッパーズ［＊］を播種《はんしゅ》したのが彼であると、広く信じられている。静寂《クワイエチユード》［＊］の生みの親という説も、クワイエチュードを知る人たちのあいだでは支持されているようだ。

メムコーディスト
みずからの生涯を誕生から死まですべて記録し、できればいくばくかの寄付と引き換えに、希望者向けに配信している人物のこと。現在は幸いにも数が減っているが（ピムというメムコーディストが最も有名）、まだあちこちに残っている。

メモリー・ペンダント
義烏《イーウー》［＊］などで大量生産された安物の装身具。購入者は自身の思い出を摘出し、ペンダント内の貴石に保管することができる。路上で売られていることが多く、失恋や悲劇を経験した恋人たちが、幸福や苦悩の記憶を保存しておくために使用する。

不発弾《UXO》
もとは不発弾の意。廃棄されてから長い年月がたっていても、不用意に遭遇すると爆発、または与えられた強い殺傷力を発揮する危険性がある古い兵器のこと。

ルナ・ポート
地球の月の主要港であり、人類最初の入植地。

ロボット
遠い昔に作られた古い人間型《ヒューマノイド》ロボットは、高度な耐久性と強い忍耐力を特徴としている。過去数百年のあいだ一台も製造されておらず、しかし生き残ったロボットたちは、人間が居住するほぼすべての場所において小さいが無視できない集団を形成している。

ロボットの教皇庁《バチカン》
トン・ユン・シティ［＊］の地下深く、レベル3に位置する多宗教《マルチフェイス》バザールには、無数の教会やモスクだけでなくエルロナイトやゴリアンの寺院、どこにでもあるオグコ［＊］の霊廟《れいびょう》などが集中している。ロボットの教皇庁《バチカン》は、そんなバザールの中心にあるのだが、実態についてはほとんど知られていない。庁内には老朽化して傷だらけになったわずかな数のロボットが生き残っており、〈ロボットの生きる道〉を信奉するかれらは、みな名前の頭にRの字を冠している。かれらは自分たちのなかからロボット教皇を選出するのだが、一説によると教皇はロボットではなく、奇怪な巨大コンピュータだという。ロボット道の信者たちは、かれらの長い一生のうちで少なくとも一度、このロボット教皇庁への巡礼を行なうのが義務であると考えている。信者たちの究極の目標——もし目標が必要だとして——がなんであるかは、明らかになっていない。ロボットたちが、ゼロ・ポイント・フィールドに天国をつくっているという噂もあるが、それが事実なのか突飛なデマなのかも不明のままだ。

ロボトニック

大昔の戦争で酷使された、人間をサイボーグ化した兵隊。ロボットと混同しないよう注意。生き延びた数百名がセントラル・ステーション［＊］に群居しているようだが、火星のトン・ユン・シティ［＊］で暮らす一団もいる。主にスペアパーツを求めて路上で物乞いをしたり、ときどき軽犯罪に手を染めたりするかれらを、人びとは怖がるよりむしろ憐《あわ》れみの目で見ている。

禁制技術《ワイルドテック》

進化した禁制技術の総称で、人体ハッキング技術や軍用レベルの破壊力をもつ武器、ワームウイルスやトロイの木馬、マルウェアなどに加え、分類不能の多くのテクノロジーが含まれる。禁制《ワイルド》技術《テック》は、太陽系全域で禁じられている黒呪術《ナカイマ》［＊］を応用しているのだが、これはナカイマが最《ジ》終投棄場《エティスンド》［＊］では自由に入手できるからだ。おのずとワイルドテックは、ジェティスンドから各地に拡散している。触れたり近づいたりすることは、絶対にやめたほうがいい。もし巻きこまれてしまったら、その時点ですでに手遅れであろう。

解説

渡邊《わたなべ》利道《としみち》

本書は、イスラエル出身で現在は英国在住の作家ラヴィ・ティドハーが二〇二二年に刊行し、翌年のローカス賞でファイナリストになった長編小説 *Neom* の全訳である。英国の作家で優れた批評家でもあるアダム・ロバーツは、本書をティドハーのベストだと述べているそうで、たしかにシリアスな歴史認識とロマンティックな物語が、いかにもSF的なきらびやかなアイディアの数々に彩られた、これまでのティドハー作品の中でも随一のストレートに面白い小説だ。

緒言《しょげん》にある通り、原題になっている「ネオム」とは、サウジアラビアが二〇一七年に構想を発表した紅海《こうかい》沿岸の砂漠地帯に建設予定の革新的な未来都市のことである。再生可能エネルギーで電力を百パーセントまかない、インターネットとAIを活用したインフラが円滑な生活をサポートする、いわゆるスマートシティとして構想されている壮大な計画だ。

現在は砂漠に空港と工事現場が点在するだけの土地を、ティドハーは人類の行動範囲がオールトの雲にまで達し、太陽系の少なくとも地球・火星・金星の三つの惑星では高度な文明社会を築いた未来世界の、もはや盛りを過ぎ、やや頽落《たいらく》しかかった象徴的な黄昏《たそがれ》の都市として描き出している。二十一世紀では最新テクノロジーである安定発電を実現したソーラーシステムも、小説内ではすっかり古びてどこかノスタルジーすら感じさせる風物と化しているのが印象的だ。

物語は二人の人間と一台のロボットを中心に展開する。

一人目はネオムに住む女性マリアム・デラクルス。エジプト人の父親とフィリピン出身の母親の間に生まれ、早くに亡くなった父親への思慕を抱えながら、老人施設で暮らす認知症の母親の介護費用を賄《まかな》うためにいくつもの仕事を掛け持ちしている。もっとも、本文を読む限りでは、単に生活のためだけでもなく、基本的に働き者で、お人好しで頼まれたら断れない性格のためもあるだろうと感じられる。ネオムは富裕層と多くはアジア・アフリカからの移民で構成される労働者階級にはっきり二分された社会になっており、この物語では基本的に後者の世界だけが舞台となる。マリアムがその仕事の一つである掃除人として見聞きした人生の断片の他は一切富裕層の姿が描かれないので、まるで世界に薄いヴェールがかかっているように、つねにそこはかとなく閉塞感が漂っているのが、現代の富裕ならぬ都市生活者の実感をよく写しているように思えるのも皮肉だ。マリアムは自身がもう若くはないと考えており、とくに現在の状況に不満を抱いているわけではないが、漠然とした孤独と、この後の人生についての不安を感じている。

物語の焦点となるもう一人の人物は、第四次世界大戦の後、砂漠に放置されたままの戦争機械を発掘し売り捌《さば》く流浪民《ベドウィン》の少年サレハ。発掘中に再起動した戦争機械によって家族を皆殺しにされた彼は、かつて破壊と殺戮《さつりく》を芸術であるとして活動したテラー・アーティストの遺物である時間膨張爆弾の殻を持って、それを高く買ってくれるお客を探し、象の群れを駆って砂漠を移動する隊商団《キャラバン》に身を寄せる。所属する集団を失い、隊商団にも溶け込めない彼は、大金を手に入れて宇宙へ旅立つ日を夢見ている。この小説を濃密に満たしているのは世界がすでに古びてしまっているという感覚だが、それは都市の問題であり、砂漠を行くサレハは少年らしい瑞々《みずみず》しさと率直さで世界を眺めている〈砂漠に埋まっている戦争機械が暗い過去の亡霊のように視界をよぎっていく〉。この、都市と砂漠、そして宇宙というトポスが、それぞれ強い象徴性を帯びているのも本作の魅力の一つだろう。

最後に登場するのが古い人間型《ヒューマノイド》ロボットで、かつて戦争機械として人間に作られ、地球での戦争が終わった後も宇宙で人間の命令を受けて戦い続け、身体のあちこちが故障したり破壊されレプリカに交換されたりして、いまやすっかりボロになっている。自分たちで作っておきながら、戦争が束《つか》の間《ま》終息すると過去の遺物《ゴミ》あるいは危険物扱いで戦争機械を忌避《きひ》する人間に対して、辛辣な皮肉をもって対する成熟した知性の持ち主でもある。こうした人間の歴史へのアイロニカルな視線はティドハー作品の定番だ。地球に舞い戻った彼は、マリアムの働く花屋に現れて一本のバラを購《あがな》う。そして砂漠に向かい、地下深くに埋もれていた黄金のロボット、ゴールデンマンを発掘する。

物語は、このゴールデンマンをめぐって、マリアムに想いを寄せる警官のナセルや、成り行きでサレハの道連れになる人間の言葉を話すジャッカルのアナビス、ゴールデンマンの製作者であるテラー・アーティストのナスなど、様々なキャラクターを巻き込んで進んでいく。果たして、ロボットはバラの花を誰に贈るのか?

本作はとくに他の作品を参照する必要がない独立した長編だが、二〇〇三年から作者が継続的に発表している〈コンティニュイティ *Continuity*〉という未来史のシリーズに属している。基本的には前述したように太陽系の全域に文明が広がった世界に、カンバセーションと呼ばれるデジタル通信のネットワークが敷かれ、それにバイオテクノロジーで常時接続された人類と、その延長であるサイボーグや過激な遺伝子改変を施した超人間、知性と意識を持つデジタル生命体（分類外《ア ザーズ》）やさまざまな自律型機械、オールトの雲の中に潜むと噂される異星人もしくは異星人が作った機械生命体まで、多種多様な存在が散らばっていて、それぞれの事情に従って生きている姿を群発的に描いたものだ。

物語は地球（Earth）、太陽系（Solar System）、太陽系外（Exodus）という三つの空間セクションに分かれており、シリーズタイトルの *Continuity*（継続性）とは、デジタル生命体の進化や身体改造した人類が太陽系外の未知の星に向かって宇宙船で出発することから名づけられたという。また、デジタル生命に関連して、シリーズ内ではオンラインゲームの仮想宇宙が巨大な存在感を持っており、これも重要な物語の舞台の一つと言えそうだ。

シリーズの長編は本書を含めて二作あり、一作目の *Central Station* は、それまでに描いた相互に関連する連作短編群をまとめて加筆修正を施し二〇一六年に刊行したもので、ジョン・W・キャンベル記念賞を受賞するなど高い評価を受けた。そのためか、本書は〈コンティニュイティ〉シリーズというよりも、*Central Station* の続編と紹介されているケースが多いが、タイトルになっているセントラル・ステーション（中央駅）がイスラエルに実在するバスターミナルで、作者がその未来を宇宙港として描き作品の舞台としている、という実在の場所を想像力で変容させ未来史の中に登場させている点と、社会の成り立ちの背景が共通しているだけで、登場人物やメインストーリーは重なっていない。というか、*Central Station* の大きなテーマの一つが「家族」であるのに対し、本作は家族的なつながりから切り離された孤独な者たちの物語になっている。

シリーズに属する日本語に翻訳されている作品は、新刊で入手可能なものとしてはまずシェルドン・テイテルバウム&エマヌエル・ロテム編『シオンズ・フィクション　イスラエルSF傑作選』(竹書房文庫)に収録されている「オレンジ畑の香り」(小川隆《たかし》訳)がある。のちに長編*Central Station*に統合された連作の一編で、本書にもパレスチナの詩人ダルウィーシュの作品が引用されているが、この短編で印象的に描かれる失われたオレンジ畑のイメージには、三十六歳で暗殺されたパレスチナ人のジャーナリストで作家のガッサーン・カナファーニーの短編「悲しいオレンジの実る土地」(黒田寿郎《としお》・奴田原睦明《ぬたはらのぶあき》訳『ハイファに戻って/太陽の男たち』河出《かわで》文庫に所収)の記憶が強く喚起され、イスラエル北部のキブツで育ち、十代でアパルトヘイト(人種隔離政策)で知られる南アフリカに家族で移住し、最初はヘブライ語で創作を始めるが、ほどなくして英語に変えたというティドハーの経歴を想起しないではいられない(アジア系の登場人物が多いのも、ラオスやバヌアツで暮らした経験が反映していると思われる)。ちなみに本作を含むシリーズの世界ではイスラエルとパレスチナは破滅的な戦争の後デジタル統合され連邦国家となっている。

また、ティドハーが二〇一九年にゲスト・オブ・オナーとなったコンベンション「はるこん」の際に刊行された『金星は花に満ちて』(はるこん実行委員会)には、表題作(崎田《さきた》和香子訳)のほか「地球の出」(大串京子訳)「世界の果てで仮想人格《ゴースト》と話す」(木村侑加・大串京子訳)の三編が収録されている。これらはすべて太陽系が舞台の作品で、ティドハーの宇宙SFの魅力を伝えてくれる貴重な邦訳だ。またシリーズとして紹介されていないが、本作の第一章「いにしえの街」の初出ヴァージョン「ネオム」(山本さゆり訳)も収録されていて、長編に組み込むにあたってどう書き直されているかを確認しても面白いかもしれない。

他に、早川書房の雑誌〈SFマガジン〉二〇一三年九月号に、短編「ナイト・トレイン」（小川隆訳）が掲載されている。タイのバンコク―ノーンカーイ間を走る遺伝子改造された巨大ナメクジが動力となった夜行列車で、トランス女性のボディガードが暗殺者と戦う物語で、「進化」というシリーズのメインテーマがくっきり現れた作品だ。

基本的に近現代史に関する基礎知識が必要なこれまで紹介されてきた歴史改変ものの長編や、一種のモザイク・ノベルとでもいうべき複雑な構造を持つ *Central Station* に比べて、本書は非常にシンプルな愛の物語だ。ロボットの不穏な行動からだんだんとサスペンスを盛り上げていって、緊迫したクライマックスと、一転してなんとも心温まるラストシーンに雪崩《なだ》れ込むエンターテインメントSFの妙を、巻末の用語集による世界の広がりと深みを隠し味にして、ぜひ楽しんで読んでいただきたい。

訳者紹介
茂木健（もぎ・たけし）……翻訳家。訳書にウィルスン《時間封鎖》三部作、ウォルトン『図書室の魔法』《ファージング》三部作、ワイルズ『時間のないホテル』、ウェンディグ『疫神記』、ロブソン『人類の知らない言葉』など。

NEOM
by Lavie Tidhar

SSF 創元海外SF叢書18
Sogen SF Selection

ラヴィ・ティドハー　茂木健◎訳

ロボットの夢の都市

2024年 2月9日　初版

発行者　渋谷健太郎
発行所　（株）東京創元社
〒162-0814　東京都新宿区新小川町1-5
電　話　03-3268-8231 営業部
03-3268-8204 編集部
URL　https://www.tsogen.co.jp

装　画　緒賀岳志
装　幀　岩郷重力+W.I
DTP　工友会印刷
印　刷　萩原印刷
製　本　加藤製本

乱丁・落丁本は、ご面倒ですが小社までご送付ください。送料小社負担にてお取替えいたします。
Printed in Japan ©Takeshi Mogi 2024　ISBN 978-4-488-01467-4 C0097

CIVILIZATIONS * LAURENT BINET

アカデミー・フランセーズ小説大賞受賞作

文明交錯

ローラン・ビネ　橘明美 訳

インカ帝国がスペインにあっけなく征服されてしまったのは、彼らが鉄、銃、馬、そして病原菌に対する免疫をもっていなかったからと言われている。しかし、もしもインカの人々がそれらをもっていたとして、インカ帝国がスペインを征服していたとしたら……ヨーロッパは、世界はどう変わっていただろうか？　『HHhH――プラハ、1942年』と『言語の七番目の機能』で、世界中の読書人を驚倒させた著者が贈る、驚愕の歴史改変小説！

▶今読むべき小説を一冊選ぶならこれだ。――NPR
▶驚くべき面白さ……歴史をくつがえす途轍もない物語。
　――「ガーディアン」
▶これまでのところ、本書が彼の最高傑作だ。
　――「ザ・テレグラフ」
▶卓越したストーリーテラーによる、歴史改変の大胆でスリリングな試み。――「フィナンシャル・タイムズ」

四六判上製

ネビュラ賞・ローカス賞・クロフォード賞受賞作

All the Birds in the Sky■Charlie Jane Anders

空のあらゆる鳥を

チャーリー・ジェーン・アンダーズ

市田 泉 訳　カバーイラスト＝丸紅 茜

◉

魔法使いの少女と天才科学少年。
特別な才能を持つがゆえに
周囲に疎まれるもの同士として友情を育んだ二人は、
やがて人類の行く末を左右する運命にあった。
しかし未来を予知した暗殺者に狙われた二人は
別々の道を歩むことに。
そして成長した二人は、人類滅亡の危機を前にして、
魔術師と科学者という
対立する秘密組織の一員として再会を果たす。
ネビュラ賞・ローカス賞・クロフォード賞受賞の
傑作SFファンタジイ。

四六判仮フランス装

創元海外SF叢書